科捜研の女 −劇場版−

脚本／櫻井武晴

ノベライズ／百瀬しのぶ

宝島社
文庫

宝島社

【目次】

科捜研の女 ─劇場版─

秋——。

もみじやイチョウが赤や黄色に色づき、京都の町は息を呑(の)むほどコントラストが美しい。鮮やかに染め上げられた町を歩いていると、どこか非日常的な空間に迷い込んでしまったような気持ちになる。

そんなある晩、榊(さかき)マリコは、カフェバーの屋上テラス席にいた。木造の店内にはかすかに檜(ひのき)の香りが漂い、時間の流れを忘れさせてくれる。鴨川(かもがわ)から吹いてくる風がきりりと頬(ほお)に冷たいが、それすらも店内のゆったりとした空間にとけ込み、なんとも心地いい。

日ごろの張りつめた仕事から解放されて優雅にカクテルを楽しみ……といいたいところだが、マリコは飲みかけのドリンクをテーブルの上に置いたまま、手元の英語論文に夢中になっていた。

そのとき、もみじの葉が一枚、はらりと空から舞い落ちてきた。

夕闇の中を舞うもみじを目で追っていたのは、マリコと背中合わせに座っていた着物姿の老紳士だ。もみじはマリコの淡いグレーのコートの肩に落ちた。だが、論文に集中しているマリコは気づかない。老紳士は手を伸ばし、マリコの肩からもみじを取った。

「お嬢さん、べっぴんさんだね。ん？」

老紳士はもみじを手にしたまま、マリコに声をかけた。

「お嬢さん、先程からずーっとお一人のようだが、実は、私もでしてね」

背後でゆっくりと話し出した老紳士が自分に声をかけていることに、マリコはようやく気づいた。

「はい？」

「馴染(なじ)みの芸妓(げいこ)と待ち合わせをしてるんだが、これがどうやら、ふふ、袖にされたようだ。あ、誰かと待ち合わせじゃないよね？」

「ええ、私はこれを」

マリコは振り返らずに、膝の上で開いていた分厚い冊子を、すこし掲げた。

「見てましたよ。一心不乱にどんなものを読んでるのかなぁ、と思って」

老紳士が言う。

「ああ、これが気になったんですか?」

マリコは立ち上がり、老紳士のそばに移動した。

「そうそう、で、それを読み終えたら、私と食事でもどうかと思って――」

「気になりますよね?」

マリコは嬉(うれ)しくなり、笑顔で老紳士の顔を覗(のぞ)き込んだ。

「え?」

「新しい保存液の研究論文です」

「はい?」

「非常に興味深い内容ですよ、見てください」

老紳士の隣に腰を下ろしたマリコは、論文に添付された数々の内臓の写真を見せた。

「こんなに損傷の激しい内臓を、その損傷を残したまま、これまでよりきれいに保存することができるんです」

そこには、グロテスクな内臓の写真が数点、掲載されていた。京都府警科学捜査研究所に勤めて二十年。法医担当のマリコとしては、何よりも興味深い内容だ。

「うっ……」

老紳士は思わず口に手を当て、すぐに目を逸らした。

「しかも、『スキムミルク』や『グルタミン酸ナトリウム』などの、害のない成分でできている保存液だから――」

もういい、そんな話はたくさんだ、と言わんばかりに、老紳士は持っていたもみじを落とし、その手でマリコを制した。そして逃げるように去っていった。

「え?」

マリコは老紳士が落としたもみじを拾い上げた。

「そんなに難しかったかな……」

遠ざかっていく老紳士を目で追いながら、マリコはひとり、つぶやいた。

＊

同じ頃、科捜研（かそうけん）の化学担当・宇佐見裕也（うさみゆうや）は自宅マンションで夕飯を終え、食器をキッチンに運んでいた。食事中、同居している母親の咲枝（さきえ）に、最近の仕事はどうかと問われたので、研究熱心なマリコの話をしていると……。

「じゃ、おまえの帰りが遅い日は、その人のせいね？」

車椅子をあやつりながらテーブルを拭いていた咲枝が尋ねてくる。

「かもしれない。今日も新しい薬品の研究論文に意見求められちゃって。気が付いたら、こんな時間だ」

おかげで咲枝をずいぶん待たせてしまったのだ。

「でも楽しそう」

「え？　あ、ごめん、聞こえなかった」

食器を洗うために水を出していた宇佐見は、蛇口をひねり、水を止めた。

「その人の話をしているときが、一番楽しそう」

今度はちゃんと聞こえたが、宇佐見は無言でふっと笑い、再び食器を洗い始めた。

すると、咲枝がカウンターを回ってきた。

「ねぇ、裕也」

「ん？」

宇佐見は再び蛇口を止めた。

「前にも言われたけど……もう、俺の結婚とか気にしないでくれって。でももし、母さんのせいで――」

咲枝はときどき、こういうことを言う。

夫――つまり宇佐見の父を介護していた咲枝は、夫の葬儀を終えた数日後、胸を押さえて倒れ、病院に運ばれた。突発性の大動脈解離を起こし、数時間の大手術の後、一命はとりとめたものの、下半身不随となった。

その当時、宇佐見は航空科学研究所に勤務していた。航空テロなどに備えた爆発物や化学兵器の研究をし、仕事にやりがいを感じていたのだが、咲枝のために地元の京都に帰郷。京都府警科捜研の中途採用試験を受け、採用された。

咲枝は歩行、排せつ、入浴に介助が必要だが、食事や着替えなどは自分でできる。宇佐見が多忙のために毎日訪問介護を受けており、週に何度かはデイサービスなどにも通っている。昼間は家にいられないので、行政のサービスに頼っているが、宇佐見は今のところ特養の入居申請は考えていない。

咲枝が今のような状態になるまでには、宇佐見家には辛い歴史があった。宇佐見の妹、一穂は、十数年前に東京で起きた猟奇的な連続殺人事件の被害者の一人だった。事件後に父が体調を崩したのは、妹の死が少なからず影響しているだろう。そして、その父の死によって咲枝が倒れた。

悲しみの連鎖を断ち切り、咲枝にはすこしでも幸せな思いをして欲しい。宇佐見はできるだけのことはしてやりたいと考えている。ただ、咲枝は咲枝で、宇佐見の幸せのために自分が重荷になってしまってはいけないと思っているようだ。

「母さん、マリコさんとはそういう関係じゃないよ」

食器を洗ったらお茶を淹れよう。宇佐見は咲枝に笑いかけた。咲枝は宇佐見がいつまでも独身でいることを自分のせいだと気にしているが、マリコは仕事一筋だし、それは宇佐見も同じだ。

京都府警本部の科捜研は、事件のない平和な夜を象徴するかのように閑散（かんさん）としていた。研究所の中央には所員が会議などをする共有スペースがあるのだが、そこにはキャンプ場でもないのにテントが張ってあった。そこに、警務部の木島修平（きじましゅうへい）がやってきた。

「やっぱりいると思った」

中に入ってきた木島は、テントの中を覗いて、声を上げた。中にいたのは科捜研の映像データ担当・涌田亜美（わくたあみ）だ。

長い髪をお団子にまとめている亜美は、白衣の下は黄色いセーターとジーンズ。ラフな格好なうえに童顔なので幼い印象だが、映像関係のデータ分析や解析能力は並外れている。仕事が好きすぎて、平気で何日も同じ服を着て、科捜研に泊まりこんだりしている。この日も泊まる気満々でテントを張っていた。もちろん寝袋も準備している。

「あれ？　警務部もこんな時間まで残業？」

パソコンで作業をしていた亜美は顔を上げた。

「うん」

木島は六年前までは京都府警の捜査一課にいたが、捜査中に高校生に撃たれて意識不明の重体に陥った。回復後に警務部へ異動の内示を受け、後方支援に回る決意をして内勤となった。

「こんな時間だからさ、飲みに行かないかなと思って……」

木島は同じ大学の後輩でもある亜美に気安く声をかけた。

「失礼しまーす」

そこに、吉崎泰乃（よしざきやすの）が入ってきた。

「あれ？　木島くん、久しぶり！」

「泰乃さん！　今、サイバー犯罪対策課でしたっけ？」

八年前まで、泰乃は科捜研の映像データ担当だった。今でもときどき研究所に顔を出す。

「うん、木島くんは今、警務部だっけ？」

「ええ」

木島ははずんだ声で答えた。

「あ、泰乃さんもどうです？　俺たちね、今からちょっと飲みに行こうかなって――」

だが、木島が言いかけたところで、泰乃は「あ！」と声を上げた。

「これ！　さっき電話で話した『エアモニタ』？」

スーツ姿の泰乃は、しゃがんでテントの中を覗き込んでいる。

「ええ。モバイル端末と基地局の通信をキャプチャして解析するソフト！　今アップデートしてます」

亜美ははずんだ声で答えた。

「あの、ちょっとお二人さん？　今から俺と飲みに行かないかなって――」

木島は声をかけたが、二人とも見向きもしない。

「すごい！　『５Ｇ』『ＬＴＥ』だけじゃなく『ＮＢ‐ＩｏＴ』にも対応してる！」

「でね、これが信号強度、これが周波数マップ、そういったレイヤ情報はもちろん、『ＦＴＰ』や『ＳＭＴＰ』なんかのアプリケーションレイヤの翻訳機能もあって、とにかくすごいんですよ、この子！　ちょっと、もうちょっとこっち来て見てください！」

亜美は泰乃を招き入れると、木島に「先輩、閉めて」と、テントの入り口のファスナーを閉めるよう言った。

は？

先輩に向かって命令するのかと問い返したくなったが、亜美がこうなったら何を言っても無駄だ。

「……じゃ、お疲れ様でしたー」

「私はね、この子を迎え入れることができて幸せです、本当に」

亜美はソフトのことを、この子呼ばわりだ。

「すごい！」

泰乃も声を上げている。二人がテントの中で盛り上がる声を聞きながら、木島は一人寂しく研究所を後にした。

科捜研の所長であり文書担当・日野(ひの)和正(かずまさ)は自宅でくつろいでいた。夕飯と風呂を済ませ、あとはもう寝るだけだ。この日は東京に住んでいる妻、恵津子(えつこ)が京都の日野の家に来てくれている。日野は寝室のベッドの脇に布団を敷いていた。狭い寝室は、布団を敷いてしまうといっぱいいっぱいだ。

もともとは警視庁の科捜研にいた日野は、今は単身赴任だ。四年前に日野が虚血性心疾患にかかって倒れた際に、東京にいた恵津子が中学教師の仕事を休んで京都に来てくれた。だが日野の体調が安定してからはまた東京に戻り、仕事を再開している。

「え、じゃあその人、まだ残業してるの?」

恵津子がリビングから声をかけてきた。亜美のことだ。科捜研には亜美と、橋口呂太(はしぐちろた)という平成生まれの二人がいる。現在の科捜研は所長の日野、ベテランのマリコと宇佐見、そしてずいぶんと年齢が開いて、呂太と亜美がいる。日野はとりあえず亜美の、ゆとり世代なのになぜか昭和のモーレツ社員のように働くエピソードを、恵津子にあれこれ話していたのだ。

「ていうかね、また泊まり込むと思う。パソコンのアップデートとかで徹夜はやめてっていつも言ってるのに……はい、布団敷けたよ」

「相変わらずね、科捜研は……よいしょ」

恵津子は日野を乗り越えるようにしてベッドに入り、カバーをめくった。

「え？　ベッドで寝るの？」

「もうこんな時間。寝るよ、電気消すね」

「えー、まだマリコくんと呂太くんの愚痴もあるのに？」

まだ、宇佐見と亜美の近況を話しただけだ。久々に会ったので話し足りない。

「私、明日学校で授業だもん、始発で東京に帰らないと」

恵津子はリモコンでピッと電気を消すと、さっさと寝てしまった。

「えー、えっちゃーん……」

暗闇に日野の声が虚(むな)しく響いた。

五年前に科捜研の物理担当となった橋口呂太は、自宅のパソコン前でコンビニのおにぎりを食べながら、ビデオ通話で話をしていた。相手は五年前まで前任者だった相(そう)馬涼(まりょう)だ。現在はカナダの研究機関で働いている。

「買っちゃったのよ、俺、家を。ホラ、見てよ。ホラすごいでしょ！　煙突付いて！

買ったんだよ、俺！　ワンルームだったんだよ、俺、家！　ホラ見て！　このガレージ！　ガレージだよ、ホラ！　バイクも買ってさー、やっぱ広いからさ、土地が……」

相馬はスマートフォンであちこち撮影しながら、興奮気味に話しかけてくるが、呂太はおにぎりを食べながらうとうとしていた。

呂太は科捜研所属になった初日もおにぎりをほおばりながら出勤し、しかもその日は遅刻だったという過去がある。

「おい呂太！　呂太くん！」

「ん？　相馬さんどうしたの？」

「どうしたのじゃないよ、おまえ、電話しながら普通寝ます？」

「寝てないよぉ、おにぎり食べながら寝るはずないもん……」

そんなことはない。仕事中にサンドイッチをくわえたまま居眠りをしたこともある。食い意地が張っている呂太の物理研究室の机の上には、常に三色のお菓子の瓶が置いてある。

「おにぎり食べながら寝てたんかい……ねぇ、呂太ちゃん？　頭頂部しか映ってないよ！　呂太くん？」

相馬がカナダから叫んでいたが、呂太は机につっぷして眠っていた。

「ないないないない……」

解剖医の風丘早月（かざおかさつき）は、勤務先である洛北（らくほく）医科大学の教授室で、机の上に積み上げられた資料をあさっていた。

「あ、これ！」

ようやくお目当ての資料を見つけ出したところ、スマホが鳴った。娘の亜矢（あや）からだ。

「もしもし亜矢？　どうしたの？」

亜矢は大学生だ。夫と死別し、シングルマザーだった早月に、亜矢は小学生の頃は反抗的だった。寂しさから、嘘（うそ）ばかりつく彼女に困らされたこともあったが、今はいい関係だ。

「お母さん、今、家？」

「大学。ジャーナルに投稿する論文、締め切り近いから」

「またこんな時間に論文書いてんの？」

「昼間は解剖してるんだから、忙しいんだから。で、なんなの？」

「ちょっと『免疫血清検査』で質問あるんだけど」

亜矢は、長男の大樹（だいき）同様、医学部へ進学している。早月と同じ道に進むということは、仕事を理解してくれたということだろう。早月は嬉しく思っている。とはいえ、今、亜矢の質問を受けている余裕はない。

「だから、そういう質問はお母さんじゃなくて、亜矢の大学の先生にしなさいって言ってるでしょ？」

「こんな時間に聞けるのお母さんくらいしかいないもん。明日の臨床検査学の講義、私、当たりそうだから」

「あのねぇ、お母さんも仕事中なのよ、忙しいの！」

早月は椅子に座ってスマホをスピーカーモードにし、机の上のお菓子入れからどら焼きを取りだした。早月は甘いものが好きで、科捜研によく差し入れをするのも、自分も食べたいからだ。

「じゃあもういい」

電話はプツリと切れてしまった。

「え？　じゃあもういいって……亜矢……」

亜矢の態度と、どら焼きの袋がうまく破れないことに苛立ち、早月は「開かない！」と眉間にしわを寄せた。

そのとき、女性の悲鳴が聞こえてきた。

「助けてっ！　殺されるっ！」

え？

どこ？

外？

上の方から聞こえてきたような……？

早月は椅子をくるりと回し、窓の方を向いて、立ち上がった。

その瞬間、真っ暗な夜空にイチョウの葉が一枚、はらはらと舞い落ちてきた。イチョウを目で追っていると、白衣姿の女性が落ちてきた。

「はっ」

早月はポカンと口をあけて立ち尽くしていた。長い髪をなびかせながら落下していく女性は、早月と同じ年ぐらいだろうか。助けを求めるように早月を見ていた。

ドサッ。

やがて鈍い音がし、早月は我に返って窓のカギを開けた。窓から顔を出して真下を見ると、地面を覆う一面のイチョウの葉の上に白衣姿の女性が倒れていた。

苦悶(くもん)に満ちた表情で横たわる女性が流した血液が、イチョウの葉と白衣を赤く染めていた——。

*

先ほど老紳士から受け取った……というより、老紳士が落としていったまっ赤なもみじを論文にはさむと、マリコは色づく京都の町を堪能しながら、自転車でマンションに帰ってきた。両側を寺院の塀に囲まれた石畳のゆるい坂道を上っていくと、もうすぐマンションに到着だ。

まだ夜は長い。部屋に戻ったら、思う存分、論文の続きを読もう。

取りだしたもみじを夜空にかざしながらうきうきとマンションの廊下を歩いていると、ドアの前に着いた途端にコートのポケットでスマホが震えた。鍵を開けようとした手を止め、スマホを取りだす。

「榊です。はい、科捜研の榊マリコです」

用件を聞いたマリコは結局家には入らず、そのまま自転車に乗って職場へと向かった。

呂太と亜美と合流したマリコはさっそく白衣をまとい、鑑定グッズの入ったジュラルミンケースを手に、ワゴン車に乗り込んだ。急行した現場の洛北医科大学の構内は、すでに初動捜査員たちでごった返していた。車を降り、落葉したイチョウが敷き詰められた地面をザクザクと踏みながら歩いていくと、視線の先に、女性が倒れていた。その周りには黒い番号札がいくつか置いてあり、そばに刑事が二人、立っていた。捜査一課の腕章を巻いた土門薫とその部下だ。

「まず、構内に残っている人間を全てリストに。それから近隣の人が大きな声、叫び声を聞いてないか、これも調べてくれ。頼む」

指示をしていた土門は、歩いてくるマリコを見て「おう」と声をかけてきた。

「洛北医大、臨床検査学科、石川礼子教授だ」

そう言うと「あそこから」と、屋上を指した。屋上から飛び降りて即死だったということだが……。

「捜査一課の土門さんがいるってことは、殺人事件?」

「その可能性があると、彼女から通報があった」

土門が彼女と言ったのは、早月だ。土門の部下の若手刑事、蒲原勇樹とともにマリコの方に向かって歩いてくる。

「風丘先生……」

マリコと早月はよくタッグを組んで仕事をする。マリコが無理難題を押しつけても、なんだかんだ引き受けてくれる頼もしい早月だが、今は暗闇の中でもわかるほど顔面蒼白だ。

「石川礼子教授とは最近、親しくなったそうです」

蒲原が言った。

「ウチの研究室の助教が最近、彼女の研究室に転籍になって、それで……」

早月は地面に横たわる礼子を見つめ、声を震わせた。

「先生、大丈夫？」

呂太が心配そうに声をかけた。呂太は早月の子どものような年齢だが、なぜか誰に対してもタメ口だ。誰もが最初は面食らうが憎めないキャラクターなので、許されている。

「……落ちてくとき、目が合った」

早月は上を向き、自分の教授室があるあたりから屋上へと視線を移した。

「え？」

マリコは早月を見つめた。

「あの目はきっと、私に何かを訴えてた」

潤んだ目で屋上を見上げていた早月は、遺体のもとにしゃがみ込んだ。

「そんな気がしてならない……」

何も言わない遺体を、早月はじっと見つめている。マリコも同じ側に回り、早月の肩にそっと手をのせた。

「では、ご遺体の検視を始めます」

マリコが遺体に手を合わせたのを合図に、S．R．I．――Science Research Institute のロゴが入った赤いジャケット姿の呂太と亜美も、動き出した。

「風丘先生、このあたりの防犯カメラの位置、教えてください」

亜美は祈るように遺体に手を合わせている早月に言った。

「あ……」

早月はさっと立ち上がった。

「あ、それなら俺が聞いてる、こっち」

蒲原が亜美に声をかけ、先に立って歩きだした。

「頭に致命傷となるような傷はない。死亡推定時刻だけど、死後そんなに時間は経っていない……」

マリコは手袋をした手で遺体に触れていた。まだ遺体に死後変化はそれほど現れていない。

「死亡時刻は午後11時4分だ」

近くにしゃがんでいた土門が言う。

「なんでそんな分単位でわかるの?」

「私の目の前で落ちたから、私が死亡確認した」

その場に残っていた早月が説明した。

「そうでしたか。だから死後硬直はまだありませんが、先生、ちょっとここ、触診してみてください」

マリコは早月に手袋を渡し、礼子の脇の下を指した。

「脇の下に硬さがある……」

確認した早月は、マリコを見た。

「内臓やリンパに病気でもあったんでしょうか?」

「彼女の通院歴、調べてみる」

土門が言った。

「お願い。病気じゃなかったら、薬毒物かもしれない」

遺体は洛北医大内の解剖室に運び込まれた。

「では、開いてみましょうね」

マリコ立ち会いのもと、早月が礼子の解剖をはじめた。

科捜研に戻った呂太はパソコンで人体落下シミュレーションを使い、礼子のデータを入力した。亜美は集めた夜の防犯カメラの映像を解析した。出勤してきた宇佐見は化学研究室で血中薬毒物鑑定をし、日野は、研究棟の屋上で下足痕(ゲソこん)を探した。

「Aiから大腿骨(だいたいこつ)の複雑骨折が認められたし、頭顔部に目立った損傷は見られない」

早月は言った。

「落下の衝撃で、胸腔(きょうくう)内と腹腔内で破裂と内出血が起きている可能性が高い」

早月は解剖を進めていく。

「やっぱり、腹腔内に出血が認められる」

次に肺を摘出し、切って中を確認した。

「肺全体に損傷が認められるわね。肺胞内もかなり破裂してる」


「解剖の結果、石川礼子教授のご遺体には、転落死の所見しかなかった」

解剖を終えた早月は、科捜研の共有スペースに集まったみんなに告げた。

「死因は全身打撲による外傷性ショックです」

マリコは日野に、早月から預かった司法解剖鑑定書を渡した。

「血中薬毒物の検査は」

早月は宇佐見を見た。

「しましたよ。薬毒物は出ませんでした」

宇佐見は血液の鑑定書を見せた。『鑑定の結果、石川礼子の血液から薬毒物は検出されなかった』とある。

「でも、遺体の脇の下、硬かったんだよね？」

呂太が首をかしげた。

「それはやはり病気のせいでしょうか？」

マリコは隣にいた早月に尋ねた。

「でも解剖したとき、内臓に病的所見はなかった」

「ですよね……薬毒物以外の血液検査をしてみます」

「亜美くん、防犯カメラは？」

日野は防犯カメラ映像を解析している亜美に声をかけた。共有スペースには化学研究室、物理研究室、文書研究室はあるが、映像研究室はなく、亜美はいつも共有スペースの一角のカウンターのような場所で、作業をしている。

「死亡時刻前後の映像、もうすぐ全て確認できます」

＊

翌朝、土門と蒲原は、石川礼子が勤務していた洛北医科大学のウイルス学研究室に来ていた。さすがに昨日の今日なので研究室全体の雰囲気は沈んでいたが、それでも研究は淡々と進められている様子だ。

「奥にみんな、いますんで」

憔悴しきった様子の准教授、相田勝之が出てきて、案内してくれた。

「ええ」

土門は歩きながら、一瞬、視線を止めた。死んだ礼子の机だろうか、その上でフラスコに淡い青色の切り花をいけている若い女性がいて、なんとなく気になったのだ。どこにでもいるタイプの、どちらかといえばおとなしそうな女性だ。彼女も視線を感じたのか顔を上げたが、土門はとくに声をかけることもなく、すぐに視線を逸らした。

「昨夜の石川礼子教授の様子で気になったことはありませんでしたか」

土門は、部屋の奥のスペースにいた研究員たちに尋ねてみた。礼子も昨日の今頃はここでいつものように研究をしていたのだろう。

「さあ、とくに……」

みんなは首をひねっている。

「でも、昨日は早く帰るって言ってましたよね？」

柴崎という研究員が、実験の手を止めて相田に声をかけた。

「言うてた。礼子さん、頭が痛いからって」

相田は先ほどから涙を拭っている。

「頭が痛い？」

土門は相田の言葉を繰り返した。

「よくあるんですよ。教授、頭痛もちなんで」

柴崎が言った。

「あぁ。そうなんですか？」

土門は振り返り、一番後ろで控えめに話を聞いていた先ほどの女性に声をかけた。

「……あ」

突然みんなの視線が集まり、女性は困ったように口ごもった。

「あぁ、あの、秦さんは最近この研究室に来たんで」

柴崎が言った。彼女が首から提げたネームプレートには秦美穂子、と書いてある。

「じゃあ、早月先生の研究室から移ってきたって人」

蒲原が尋ねると、美穂子は「はい」と、小さくうなずいた。

科捜研の共有スペースのモニターに、洛北医科大学の廊下の画像が映し出された。日時の表示は『2020/11/23　22：34：17』。白い壁に白いドアが並び、天井も床も白く、よけいなものは何も置いていない。

「礼子教授が転落する三十分前の映像です」

モニターの横に立った亜美が映像を再生すると、廊下の奥のドアが開き、出てくる礼子の映像が流れた。白衣姿の礼子は、どこか急いでいる様子だ。

「教授室から出て……」

早月がつぶやいた。

「エレベーターに乗って……」

約一分後にはエレベーターホールの映像に切り替わった。礼子はエレベーターに乗り込んでいく。

「屋上に出てきました」

亜美が言うように、約二分後の『22：36：29』には屋上のカメラに切り替わった。

「頭でも痛いのかな……」

マリコは、両手で頭を押さえ、ふらふらと手すりの方へ歩いていく礼子の様子が気になった。映像が粗く、夜間なのではっきりはわからないが、まっすぐに立っていないし、足元はふらついている。かなり苦しそうだ。

「この日、屋上に来たのは礼子教授だけでした」

「つまり、誰かに落とされたわけじゃない……」

宇佐見が言う。

「待って。だって私、たしかに声を聞いたのよ」

早月はみんなの顔を見回しながら訴えた。

「『助けて、殺される』でしたね」

マリコが確認するように言う。

「ただ、先生、ちょっとこれを見てください」

日野は文書研究室からホワイトボードを引っぱり出した。

事件名『洛北医大女性教授転落死事件』『死亡日時11月23日（月）23:04頃』とあり、礼子の顔写真や倒れている現場の写真などが貼ってある。

「屋上にあった被害者の下足痕です」

礼子の顔写真の横には、日野が作成した『洛北医科大学屋上の下足痕配置図』がある。

「この歩幅は、走ってる？」

マリコはその足跡を見て尋ねた。

「うん、こっからここまで、一直線に走ってる」

屋上に上がってから十四歩。八歩目から九歩目で突然歩幅が大きくなる。

「で、こっから落ちたんだよね？」

呂太は十四歩目を指した。

「彼女を追いかけたり、争ったりした下足痕は？」

宇佐見が日野に尋ねた。

「なかった」

「第三者と揉めてないということは殺人じゃなく、事故？」

宇佐見が言うと、呂太は「ううん、ちょっとこれ見て」と、モニターとホワイトボードの背後にある物理研究室に入っていった。みんなも後に続く。

「落下の角度から見て、足を滑らせて落ちたってことは考えにくいよ」

呂太はパソコンで、シミュレーションを再生した。画面には『遺体の到達距離』や『遺体の着地角度』『落下高度』などのデータが表示されている。そこから割り出された結果として、礼子が一人で走ってきて、屋上の端から勢いよく踏みだし、宙を舞う映像が表示されていた。

「こうやって飛び降りない限り、この角度で落ちることはないよ」

呂太が画面を指して言う。『落下地点』は建物から５・８ｍ、着地角度は81・５度だ。

「殺人じゃなく、事故でもないとすると……自殺」

宇佐見が言うと、一人じっと考え事をしていた早月が「いやいや」と首を振った。

「でも私『助けて、殺される』って声を聞いてる」

だからこそ、窓の外を見ていたのだと、早月は主張した。

「この鑑定結果は、刑事部長に伝えなきゃなりません」

日野は早月に告げた。

「それで自殺ってことになったら、捜査は終わり、ってこと……」

早月は眉根を寄せ、マリコをじっと見つめた。


ウイルス学研究室での聞き込みは続いていた。

「最近、石川礼子教授に変わった様子は？」

蒲原が相田に尋ねた。

「変わった様子って言われても……」

「どんな些細なことでもけっこうです。たとえば、普段言わないようなことを言った、普段しないようなことをした」

土門は美穂子を見ながら言った。どうも美穂子が気になるのは、刑事の勘だ。

「そういえばこの前、急に東京に行きました」

柴崎が言った。無愛想だし、研究作業の手を止めずにいかにも面倒くさそうに対応してはいるが、先ほどから一番頼りになる。

「ああ、一昨日」

相田も思い出したようだ。

「一昨日、東京へ行った？　東京のどこへ？」

蒲原は柴崎に尋ねた。

「帝政大学って言ってたかな、八王子にある」

「ああ、微生物学の教授に会うとか言うてはった」

相田もうなずいた。

「帝政大の、微生物学の教授ですね？」

蒲原はすぐにメモをとった。

*

土門と蒲原はその足ですぐに東京に向かった。新横浜で降り、在来線を使って京都から三時間ほどで八王子に到着した。そこからまた私鉄に乗り継いで到着した帝政大学は、高台にあり、実に見晴らしがいい場所に建っていた。この日は曇天だが、天気のいい日は富士山まで見渡せるという。広大なキャンパス内に点在する学部の棟も、それぞれ意匠を凝らした建築だ。ようやくたどり着いた理学部の建物は外壁から滝のように水が流れるなど、とくにデザイン性が高い。

そんな中をキョロキョロしながら抜けていくと、円形の広場に出た。目指していた研究棟のエントランスだ。ちょうど円の中心のあたりに、白衣姿の女性が二人立っている。

「土門刑事と蒲原刑事ですね?」

二人は同時に会釈をした。

「どうぞ、加賀野教授がお待ちです」

そして自分たちが案内すると、先に立って歩きだした。

スロープ状になっている外廊下を歩きながら、彼女たちは森奈々枝と森友希枝だと自己紹介した。一卵性双生児なのだという。

「え、お二人は双子なんですか？」

「いや、でも……」

蒲原が驚いたように声を上げる横で、土門は思わず口ごもった。前を歩く二人は、顎のラインでカットされたボブヘアと身長は同じだが、体型がまったく違う。一人は細身だが、一人はぽっちゃりしている。

「言いたいことはわかります」

二人は足を止め、同時に言った。そして、自分たちが同じ言葉を言ったのがおかしかったのか、顔を見合わせてにっこり笑った。

「これが証拠」

そしてまた、同じタイミングで大学院の学生証を見せてきた。

『森友希枝』さん、『森奈々枝』さん。生年月日が同じですね」

土門と蒲原は、学生証と二人を見比べた。学生証の写真は、着ている服の色が違うぐらいで、ほとんど見分けがつかない。

「しかも、二人とも、太っている……」

蒲原は遠慮がちに言った。学生証の写真は二人ともふっくらしていて、友希枝は現在の姿と変わらないが、奈々枝はずいぶんと様変わりしている。

「この写真だと双子だとわかりますね」

土門が言うと、二人は顔を見合わせて笑った。

「私たち、一卵性双生児ですから」

そしてまた同時に言った。息はぴったりだ。

「じゃあ、ダイエットを?」

蒲原が奈々枝を見た。

「ええ、『ダイエット菌』で」

奈々枝は友希枝と顔を見合わせて楽しそうに笑った。そしてくるりと前を向き、再び先に立って歩きだした。

「ダイエット菌?」

土門は思わず声を上げた。

案内された教授室の中も、建物の外と同様コンクリート打ちっぱなしの壁に囲まれていて、実にクールで洗練された印象だった。壁に飾ってある大きなモノクロの写真はアート作品のようだが、球菌の写真だそうだ。

「『エンテロコッカス・パンデレスオ』。通称『ダイエット菌』。これを彼女に感作(かんさ)させました」

微生物学研究室の教授、加賀野亘(わたる)が球菌の写真の前に立ち、誇らしげに説明をした。長身で細身、黒いスーツに、インナーも黒いタートルネックで合わせ、真っ白なスニーカーを履いている。五十代だそうだが実にスタイリッシュだ。

「医学的に感染させることを『感作』と言います」

そばにいた友希枝が、意気揚々と説明を補足してくれた。横に立つ加賀野を誇らしげに見上げる様子から、崇拝している様子がわかる。

「へぇ」

蒲原はいまひとつわからない様子で、相づちを打つしかないようだ。すると奈々枝が近づいてきて、タブレットをさしだした。

「あ、すいません」

受け取った画面には、奈々枝がどんどんと痩せていく様子の記録写真が映し出されている。

「『ダイエット菌』を感作させると、これが……こうなるわけですか」

大げさだが、最後の写真は最初の写真の半分ぐらいの細さになっているように見えた。

「私たち、両親も太ってるんで」

奈々枝と友希枝は同時に手帳から同じ家族写真を出した。二人が幼児の頃の写真だが、たしかに両親もぽっちゃりした体型だ。

「つまり、『ダイエット菌』はDNAをも凌駕(りょうが)するということです。この細菌で、世界中の人が適正体重となれば、この世から消える病気が無数にあるはずです」

加賀野が言う。

「すごい研究ですね」

蒲原は感心していた。

「先生」

土門はまるで教室で授業を聞いていた生徒のように挙手をし、加賀野に近づいていった。

「副作用……という言い方が正しいのかわかりませんが、そういう弊害はないんですか?」

「『ダイエット菌』は腸内細菌です、つまり、人がもともと持っている細菌ですから……」

加賀野は唇の端をニッと上げて、余裕の笑みを浮かべた。

「ほう……」

わかったようなわからないような微妙な表情でいた土門は、研究内容のことはともかく、礼子について尋ねたいことがある、と、切り出した。

教授室の応接スペースに移動した土門は、礼子の顔写真を取りだし、加賀野の方に向けてテーブルに置いた。

「たしかに一昨日、突然いらっしゃいました。私の研究が、ご自分の研究にも役立つと仰って」

加賀野は言う。

「そういう理由で突然、来るものですか？」

「まぁ、少々驚きましたが、大学教授というのは変わり者が多いですから。私も含めて」

加賀野はふっと笑った。

「そのとき、お二人もこちらに？」

土門の横に立っていた蒲原は、やはり加賀野の横に行儀よく立っている友希枝たちに尋ねた。

「あ、私たちはその方たちをこちらに案内して、すぐに出て行きました、教授に言われて」

「君たちは大学院生だ、それぞれの勉強があるだろ?」

加賀野が穏やかな笑顔で友希枝たちに笑いかけた。

だが土門は友希枝たちが加賀野に笑顔を返そうとしたのを、即座に遮った。

「あなた、今、『その方たち』と言いましたが、石川礼子教授は一人じゃなかったんですか?」

「ええ、三人でいらっしゃいました」

「一人は石川教授の教え子だったね?」

「ええ、女性の方で、『はたさん』って呼ばれてました」

奈々枝の言葉を聞き、土門は洛北医大のウイルス学研究室にいた秦美穂子を思い出した。たしか最近この研究室に来たから事情をよく知らない、というようなことを言われていたはずだ。その美穂子が一緒にここに来た?

「もう一人は?」

蒲原が尋ねると、加賀野は「えーっと……」と、立ち上がり、自分の机の上の回転式名刺ホルダーを確認し始めた。名刺は日付ごとに整理されているようだ。

「あ、この方ですね」

「失礼」

土門が見ると、名刺には『京都医科歯科大学　歯学部歯学科　生体防御研究室　准教授　斎藤朗』とある。

「京都医科歯科大学……」

この大学なら……。土門は蒲原と目で合図をした。

京都医科歯科大学の佐沢真は、京都のとあるパーティ会場で舞妓に、自分は大学に勤務している解剖医だとアピールしていた。

「へぇ、そうどすか。佐沢さんはお医者さんどすか」

舞妓は佐沢に背を向け、迷惑そうにしているが、佐沢はどこ吹く風だ。超マイペース。場の空気など読まない。それが佐沢だ。

「そうどすよ〜。京都医科歯科大学で解剖医をやっとるんどす〜。だから今度、デートしてくださいどす〜」

カクテルを手にデートを申し込んでいると、スマホが鳴った。佐沢があちこちのポケットを探しはじめた。その隙に、舞妓は仲間たちの方へと逃げていった。

「あ！　ちょっと……くそ！　誰だよ、いいとこだったのに〜」

尻ポケットに入っていたスマホを取りだし、電話に出た。

「はい、ちょっとなんですか？　今忙しいんどすけど〜」

「ご無沙汰しております。京都府警の土門です」

「あ、土門さん！　お久しぶりです！」

大声を出した佐沢を、パーティの出席者たちがじろじろ見ている。だがもちろん、佐沢はそんなことおかまいなしだ。

電話をするため、既に教授室を辞去していた土門は、先ほど加賀野が見せてくれた名刺の人物を知っているかと佐沢に尋ねた。

「歯学部？　斎藤朗准教授？　さぁ、その人がどんな人でどんな研究してるのか知りませんけど……」

「そうですか」

土門は礼を言い、電話を切ろうとした。

「あ！　それより、土門さんはマリコさんと一体どんな関係なんです？　仕事だけの関係じゃないですよね？　僕ね、実はマリコさんに交際断られたのは土門さんのせいじゃないかなーってずっと思ってるんですけど——」

佐沢は数年前、マリコにプロポーズしたのだが、あっさり断られたらしい。それは土門も知っている。

「お忙しいところありがとうございました。失礼します」

「あ、土門さん！　今マリコさんと一緒なんですか？」

佐沢が大声で問いかけてきたが、土門はスマホから耳を離し、電話を切った。

「佐沢先生どうでした？　何かわかりました？」

近くにいた蒲原が尋ねてくる。

「頼りにならんことがわかった。京都へ帰ろう」

土門たちは滝が流れる回廊を通り、複雑なキャンパス内を戻っていった。

＊

科捜研の法医研究室で、マリコは顕微鏡を覗き込み、礼子の血液検査をしていた。

結果が出たので共有スペースにみんなを集め、モニターに表示した。

「石川礼子教授の血液検査の結果です」

「血小板の減少、ＡＳＴ、ＡＬＴの上昇、ＣＫの上昇」

亜美が結果の数値からわかることを読み上げた。

「この値が高いってことは、やはり肝臓や心臓に病気があったってことですかね？」

宇佐見がマリコに尋ねる。

「でも解剖したとき、そんな所見なかったんです」

「ま、病気だったとしても、殺人でも事故でもない転落死だから、事件性は無しってことになりそうだね」

日野は言ったが、マリコにはどうも納得できないものがあった。

パーティに出席した蝶ネクタイ姿のまま、佐沢は急いで京都医科歯科大に戻ってきた。そして歯学部棟に入っていき『生体防御研究室』とあるドアを見つけ、入っていった。

「あのー、すいませーん、斎藤准教授はどなたですかー?」

佐沢は大声で叫んだ。

「あの、すいません斎藤准教授は?」

とりあえずドアに一番近い席で作業をしていた女性に声をかけてみた。でも完全スルーされた。

「あのー、すいません斎藤准教授は? あのー、すいません斎藤准教授は? あのー! 斎藤准教授いますかー?」

その後もいろいろな人に声をかけてみたが、誰も相手にしてくれない。

「あのー」

「はい！」

と佐沢が声のした方に行ってみると、自分よりは十歳ほど若いであろう男性研究者だった。

「失礼ですが……」

「斎藤准教授？」

「いえ、私は石室と言います」

「ああ、すみません。怪しいもんじゃありません。私、医学部、法医学研究室の佐沢です、一応、准教授やってます」

佐沢は慌てて自分の職員証を見せたが、ぐいぐい近づいたせいか石室がどんどん引いていく。

「あの、土門さんから斎藤さんって人の話を聞いて、そしたら、その人もマリコさんと何か関係があるのかなって思って、そしたら、こう何も手につかなくなっちゃって、そしたら、いつの間にかここに来てて、そしたら――」

迫れば迫るほど、石室はさらに引いていく。

「あのー」

「はい！」

また別の人物が声をかけてきたのでそちらを見ると、佐沢と同世代ぐらいの別の研究者、長野(ながの)だ。

「あのすいません、全然話わかんないんですけども、斎藤准教授でしたら、つい今しがた大学出て行かれましたけど」

「えー！　もう帰っちゃったんですか？」

「はい。いや、なんかどっか出かけるとか言ってたよな？」

「ああ、『先斗町(ぽんとちょう)の歌舞練場(かぶれんじょう)』だっけ？」

石室が先斗町にある劇場の名を言うと、長野がうなずいた。

「そうそうそう、なんでも、電話で呼び出されたとかなんとか」

「じゃあお願いします！」

佐沢は石室の腕を摑(つか)んだ。

「ちょっ！」

石室は佐沢の手を払いのけようとしたが、

「すいません！　お願いします！」

一緒に来てもらわないと、誰が斎藤だかわからない。佐沢は有無を言わさぬ勢いで石室の腕を引っぱり、研究室を飛びだした。

先斗町歌舞練場は、春の「鴨川をどり」で知られている一九二七年完成のレトロな建物だ。飲食店が建ち並ぶ先斗町の狭い通りを駆け抜けて、歌舞練場の前にやってくると、色とりどりの和傘がいくつも広げてあった。まるで嵐山の和傘のライトアップのような鮮やかな光景だ。

「あれ？　今日は何もやってないみたいだな〜」

走ってきた佐沢は、肩で息をしながら言った。もちろん石室も疲れ切り、膝に手を置いてハアハア苦しそうにしている。

「中に入ってみましょう」

「はぁ？」

うんざりとした表情の石室の腕を摑んだまま、佐沢は歌舞練場のドアを開けて中に入っていった。

「すいませーん！」

客席に通じるドアを開けてみたが、今日は何もイベントがないので誰もいない。あたりを見回していると、二階席で人影が動いた。

「あ、斎藤だ。たぶん」

石室が言った。

「え？　あ！」

佐沢が声をかけようとしたが、斎藤は扉から出て行ってしまった。

「ちょっ！」

佐沢は客席を出て、二階席に通じる階段を探した。

階段を上がっていくと、先を行く斎藤の足音が聞こえた。

「はぁ……はぁ……」

荒い息をしながら上がっていく斎藤を、佐沢は必死で追った。

「ちょっと待って……」

石室はようやく腕を解放されたが、斎藤のただならぬ様子が気になり、後ろから必死で階段を上がった。最上階の四階で、二人はようやく斎藤に追いついた。展望室にいる斎藤は、佐沢たちに背中を向けて立ち尽くしている。

「斎藤准教授？　斎藤先生ですよね……？」

佐沢は声をかけた。

「うぁあッ……あぁ……」

斎藤は突然うめき、膝から崩れ落ちた。

「どうしたんですか？」

佐沢は急いで駆け寄ったが、斎藤は「あぁ……あぁ……」と、頭を抱えて苦しそうにしている。

「あのー……？」

佐沢は斎藤の顔を覗き込んだ。

土門と蒲原も、先斗町を歩いていた。

「なんで斎藤先生はこんなところに」

「でも、先生の研究室の人がここにいるって……」

ようやく歌舞練場の前に着いたそのとき、頭上から何かが落ちてきた。

ドーーーン！

二人の目の前で、路上に広げてあった和傘が飛び散った。そして、いくつかの和傘をつぶすように、男が横たわっていた。血を流し、絶命している。刑事とはいえ、あまりに突然のことに、さすがの土門も蒲原も凍りついた。

「ぎゃあぁぁー！！！」

少し遅れて頭上から佐沢の悲鳴が聞こえてきた。

観光客や野次馬が次々に集まってきて騒然とする中、現場には立ち入り禁止の黄色いテープが張り巡らされた。

「はいどいてください！　どいて！　はい開けて！」

警官が、到着したマリコたちを通すためにテープを持ち上げてくれる。

「すいません」

マリコは呂太と亜美と共に和傘が広がる現場に入った。人の気配を感じて頭上を見ると、四階の窓辺に、土門と鑑識係がいた。鑑識係は手すりの指紋を採取している。

「検視、お願いします」

その場にいた蒲原に言われ、マリコは斎藤の遺体の前にしゃがみ、手を合わせた。


土門は場内の客席で、佐沢に話を聞いていた。

「斎藤先生は歯学部で、僕は医学部で、校舎も違うし……」

「つまり、面識はない」

「だと思います……でも、僕の目の前で落ちて……」

佐沢は顔をしかめた。

「落ちた。それは誤って落ちたんですか？　飛び降りたんですか？　それとも誰かに突き落とされた」

「あー、えーっと……あれはなんて言ったらいいのかな……」

佐沢は混乱している。土門が駆け付けたとき、佐沢は四階の窓辺で気絶していたので記憶が曖昧なようだ。

「少なくとも、誰かに突き落とされてはいません。あのとき、あそこには佐沢先生と私しかいませんでした」

少し離れた場所に座っていた石室が、しどろもどろになっている佐沢のかわりに答えた。

「土門さん、検視の結果、転落死の所見しかなかった」

マリコが入ってきて、土門の近くに腰を下ろした。マリコの声を聞き、二つ前に座っていた佐沢ははっとして振り返った。

「石川礼子教授と同じか」

「でも念のため解剖した方がいいと思うんだけど」

土門とマリコが話していると、佐沢が勢いよく立ち上がった。

「僕に！　僕に解剖させてください！　斎藤先生は僕に言ったんです、『助けて』って」

あのとき――。

佐沢はようやく記憶を取り戻したのか、土門とマリコに話し始めた。

斎藤が飛び降りる直前――。

「どうしたんですか？　あのー……」

佐沢は崩れ落ちた斎藤に駆け寄り、顔を覗き込んだ。すると、頭を抱えていた斎藤がゆっくりと、顔を上げた。無精ひげに覆われた顔は苦悶に満ち、目は血走っていた。

「たす……けて……」

斎藤は絞り出すような声で言った。

「え？」

問い返した佐沢は、立ち上がった斎藤に突き飛ばされた。

「うわぁぁー！」

斎藤はいきなり走りだし、開いている窓の手すりを乗り越えた。

そして佐沢は気絶してしまっていたのだった。

「助けて?」

マリコは尋ねた。

「それも、礼子教授と同じだ」

土門はそう言い、マリコと顔を見合わせた。

「でも助けられなかった……ならせめて、彼に何があったのか、解剖で見つけてあげたいです」

「佐沢先生……」

マリコは佐沢の意外な申し出に驚いていた。

「あの、もういいすか? 時間ないんで」

研究の途中で無理やり連れてこられ、しかも同僚の死の現場に立ち会ってしまった石室は、疲れ切った顔で立ち上がった。

マリコと土門は、京都府警本部の刑事部長室に向かった。そして斎藤の解剖の許可を得るべく、事件のあらましを説明した。

「この解剖は、許可できない」

刑事部長の藤倉甚一は、土門に渡された斎藤の遺体の写真を机に置いた。

藤倉が鑑識課長から刑事部長に就任して八年ほどが経つ。鑑識や科捜研は捜査の道具だと言いきっている藤倉は、積極的に捜査に関わっていくマリコや、科捜研に協力的な部下、土門とは対極の考えを持っていて、ぶつかることが多かった。刑事部捜査課による情報の一元管理をモットーとし、就任直後は科捜研と現場の刑事の情報のやりとりを禁じていたくらいだ。とはいえ、マリコの熱意を感じ、その後、関係はかなり良好になっていたのだが。

「佐沢先生は彼が『助けて』と言ったのを聞いています」

マリコはまっすぐに藤倉を見つめ、訴えた。

「そういう証言があったため、彼女のときは刑事を臨場させ、解剖も認めた」

藤倉は机のひきだしから礼子の司法解剖鑑定書を取りだし、立ち上がった。

「だが結局、殺人の証拠は出なかった。解剖の予算は国民の血税だ。無尽蔵じゃない。よって事件性のない遺体は解剖しない」

以上だ、と、藤倉はマリコに司法解剖鑑定書を突き返した。


犯罪死が疑われる場合に行われる司法解剖は、認められなかった。土門とマリコは落胆し、どちらからともなく屋上に出た。

「一つ、気になっていることがある。石川礼子教授は転落する前、三十分も屋上にいたんだよな?」

土門は改めて確認するように言った。

「ええ、一人で三十分も、屋上で何してたんだろ……ああ、彼女のスマホ、今、科捜研でデータを復元してる」

今頃、物理研究室で呂太が復元作業をしていることだろう。

「通信会社で送受信記録を調べた。最後の着信は電話で、彼女が転落する十五分前だ」

土門は胸ポケットから出した用紙をマリコに渡した。送受信記録をプリントアウトしたものだ。最後の二件が着信で、同じ携帯番号だ。

「え？　じゃあ彼女は屋上で電話を？　誰と？」

「相手の番号も携帯だった。持ち主を調べてる」

「土門さん、斎藤准教授の携帯も鑑定したいんだけど」

「え？」

土門は顔をしかめた。だが次の瞬間、笑顔で振り返った。

「言うと思った」

そして保管袋に入った斎藤のスマホを、マリコに差し出した。

早月は科捜研の共有スペースに飛び込んでいった。

「あれ？　まいどー！」

人が見当たらない室内に声をかけながら、早月が『洛北医大女性教授転落死事件』と『先斗町医大准教授転落死事件』と書かれた二台のホワイトボードを見ていると、その後ろの物理研究室から亜美が出てきた。

「早月先生！」

「あ！　いや、あの、京都医科歯科大の准教授が死亡したニュース見たの！　で……」

そこに、文書研究室から日野が出てきた。

「ひゃあ！」

おどかされたようなかたちになり、早月は飛びのいた。

「先生！　斎藤准教授とお知り合いで？」

日野は早月に尋ねた。

「いえいえ、でも、あの……ちょっといいですか？」

早月は息を切らしながら、ホワイトボードに向かった。

「石川礼子教授は……『ウイルス学』」

早月は、ボードの礼子の写真の下に赤いマーカーで『ウイルス学』と書いた。

「で、この斎藤准教授は……『歯周病原細菌学』」

斎藤の写真の下に『歯周病原細菌学』と書く。

「はい、この二つ、類似性があると思わない？」

早月は二つのホワイトボードを指して尋ねた。

「ウイルス学と細菌学、確かに！」

戻ってきたマリコも、話に合流した。

「ね！　で、彼のご遺体が、洛北医大に来てないいんだけど」

「京都医科歯科大に運んだんですが、刑事部長が解剖は許可できないって……」

マリコは言った。

「じゃあ、私に『死亡時画像診断』させてくれない？」

「ご遺体をＣＴ検査するんですね？」

「そう！」

早月が言ったところに、突然、背後から佐沢が猛然と現れた。

「きゃあ！」

マリコと早月は同時に声を上げた。

「それ、僕にさせてください！」

「佐沢先生？」

早月は佐沢の顔をまじまじと見た。

「斎藤准教授の血液です。解剖ができなくても、血液検査ならできますよね？」

佐沢はマリコに携帯医療ボックスを渡した。

「佐沢先生……では、先生は斎藤准教授のＣＴ検査をお願いします」

マリコが佐沢を見つめて言うと「はい！」と目をキラキラさせながら、去っていった。

「お願いします！」

早月もその後ろ姿に声をかけた。

＊

土門は京都医科歯科大学の生体防御研究室に来ていた。石室と長野が土門を迎え入れ、中に案内してくれる。

「斎藤准教授に、何か変わったことなんて……」

「まさか自殺するとはねー」

長野は歩きながら、首をひねった。

「え？　なぜ、自殺だと思うんです？」

土門は尋ねた。

「え、いやだって彼がそう言ってる」

長野は前を歩く石室を指した。

「ああ、私には、そのように見えたので」

「そういえばさぁ、頭が痛いとかなんとか言ってなかった？」

長野が石室に尋ねた。

「頭が痛い？　斎藤先生、そう言ってたんですか？」

礼子の聞き込みに行ったときと同じだ、と、土門は心が騒いだ。

「ええ、言ってたよな？」

長野はもう一度石室に問いかける。

「……いや、聞いてないけど」

だが石室はつれない返事だ。

「斎藤先生は洛北医大の石川礼子教授と何か関係はありますか？」

土門は礼子の写真を見せた。

「あーその女性教授も亡くなったんですよね」

長野が言う。

「石川礼子教授、知ってるんですか？」

「もちろんですよ。石川教授と斎藤准教授は、共同研究してましたからね」

「共同研究？　どんな研究でしょう？」

「いや、それは……あ！　一緒にやってたのは石室くんなんで」

「どんな研究です？」

土門は石室に尋ねた。

「まぁ簡単に言うと、心臓や肝臓の病気の原因となる口内細菌、つまり、口の中にある細菌の研究です」

それだけ言うと、もうこれ以上この件には関わりたくはないのか、石室は行ってしまった。

「細菌……」

土門の心の中の引っ掛かりが、さらに大きくなるのを感じた。

「斎藤准教授の血液検査の結果です」

マリコは、法医研究室のノートパソコンを開き、日野と亜美に血液検査結果を見せた。

「薬毒物は出ませんでした」

宇佐見が説明する。

「でも、血小板が減少してる」

亜美が言うように、血小板の測定値は4・8。基準値を大きく下回っている。

「他に、AST、ALT、そしてCKが上昇してた」

マリコが言うように、それぞれ基準値を大きく上回っている。

「それって、礼子教授と同じじゃない？」

日野が言ったとき、バタバタと騒がしい足音が聞こえてきた。

「マリコさん！」

佐沢が慌ただしく入ってきた。

「斎藤准教授のＣＴ画像です！」

佐沢はタブレットをマリコに渡した。

「内臓や骨には、異常ありませんでした」

「脳の前頭葉に、局所的な低吸収域がありますね」

マリコは画面をスクロールし、脳のＣＴ画像を見て言った。

「低吸収域って？」

日野が尋ねる。

「Ｘ線を吸収しなかったため、黒く映ったこの部分です」

宇佐見が答え、該当箇所を指した。

「それに、広範囲に脳浮腫がありますね」

マリコはタブレットに釘づけになっている。

「脳が腫れてる状態のことです」

宇佐見が説明する。

「それは知ってる」

バカにするなと抗議するように日野が言う。

「脳浮腫？　本当ですか？」

佐沢がマリコに尋ねた。

「わずかですが。たとえば、ここがわかりやすいです」

マリコは該当箇所をペンで丸く囲んだ。

「ああ、本当だ！」

「佐沢先生、相変わらず……」

亜美は思わずつっこんだ。佐沢は以前、解剖を依頼した際に、特異的無嗅覚症のためにシアン化合物による中毒死を見過ごしたことがあったりと、何かとやらかすタイプだ。

「そうか！　転落の衝撃で、急性脳症を起こしたんだ！」

だが当の佐沢は亜美のつぶやきなどまったく聞こえていないようで、マリコの所見に素直に感心している。

「……あ、いえ先生、頭部にはほとんど外傷はありませんでしたし、それではこの前頭葉の説明がつきません」

マリコは冷静な口調で言った。

「あ、そっか」

「心配しかない……」

亜美は再び、つぶやいた。

「でも、この脳浮腫を見ると、脳症を起こしていたのは間違いないと思います。問題はその原因ですが……」

「そうだったとしても、礼子教授も斎藤准教授も病気だったってことしかわからないよね？」

日野が尋ねた。

「病気？」

そこに、蒲原が入ってきた。

「でも最近二人とも通院歴はありませんでしたよ」

「え？」

マリコは振り返って尋ねた。

「礼子教授が最後に電話したこの番号、おそらく『飛ばしの携帯』です」

蒲原は自分の手帳を見せた。そこには０８０から始まる番号が書かれている。

「飛ばしの携帯？」

佐沢が声を上げた。

「はい、今回の場合『ＳＩＭフリースマホ』と『プリペイドＳＩＭカード』を組み合わせたものだと思われます」

蒲原は説明した。

「ああ、両方とも電気街とかで買えば、身分証の提示は不要だから、匿名で使えます」

亜美が補足するようにみんなに言った。科捜研の中でスマホに詳しい世代は呂太と亜美だけだ。

「ねぇねぇねぇねぇ」

物理研究室にこもっていた呂太が、ノートパソコンを手に飛び込んできた。

「この人の壊れてた携帯、少しだけデータ復元できたよ」

呂太は電話の発信データを見せた。

履歴には直近の二件が０８０から始まる『不明な着信番号』とあり、あとは教授や同僚、妻と思われる人物の名前や、歯科医院などが続いている。

「昨日の午後3時35分……」

日野が履歴の一番上の時間を読み上げた。

「それ、斎藤准教授が転落する少し前です！」

マリコが言う。

「うん、たぶん、最後にやり取りした電話」

呂太が言った。

「しかも、同じ番号です！」

蒲原は再び自分の手帳をみんなに見せた。

マリコは土門と共に再び刑事部長室を訪ね、藤倉に説明した。

「つまり、石川礼子教授も斎藤朗准教授も、死亡する直前に、同じ相手と電話をしていた」

「はい。さらに、二人の血液には同じような病的所見がありました」

マリコは礼子と斎藤の血液検査結果を見せた。測定値が基準値を大きく上回ったり下回ったりしている項目が同じだし、脳浮腫の症状があるのも同じだ。

「さらに二人には、共同研究をしていたという繫(つな)がりがありました。これらが全て、偶然とは思えません！」

土門は言葉に力を込めて言った。

「……わかった。二人の転落死の捜査本部を立てる」

藤倉の言葉に、土門は「はい！」と、一礼した。

「では、斎藤准教授の司法解剖は」

マリコは尋ねた。

「許可する」

藤倉の言葉に、マリコは土門と目を合わせた。

＊

京都府警では捜査本部が立ち上がり、大会議室で捜査会議が開かれた。指揮官席の中央には藤倉が座っていて、その隣には捜査一課と関係する所轄の幹部たちがいる。室内には捜査一課員たちがずらりと並び、後方の席には所轄の刑事たちが陣取っている。

その中で、蒲原が事件のあらましを報告するよう指名された。

「洛北医大、石川礼子教授。京都医科歯科大、斎藤朗准教授。この二人は同じ携帯番号の相手と電話したすぐ後に高所から転落して亡くなりました。二人の間には……」

蒲原はその場で立ち上がり、事件の概要やこれまでに捜査した内容を発表した。

「多くの共通点が見つかりました。まず二人とも死の前に『助けて』と言い残したこと。また死亡する当日に二人とも頭が痛いと言っていたこと」

そして、手帳を見ながら科捜研で得た情報を読み上げた。

「死後の血液検査では似た病的所見が見られ、さらに、口内細菌の共同研究者という繋がりもありました。それぞれの研究室メンバーから話を聞き、二人に共通する関係者を洗い出していきます」

蒲原の報告の後、モニターを使った事件の説明が続き、他の捜査員たちにそれぞれ担当が割り振られた。

「必ずホシを挙げる！」

最後に藤倉が、全捜査員に向けて言った。

「はい！」

土門たちは声を合わせ、それぞれの持ち場に散った。

京都医科歯科大学の解剖室では、佐沢による解剖が始まった。

「大丈夫ですか?」

その場に立ち会っていたマリコは、あぶなっかしい手つきの佐沢に声をかけた。励ましたり、必要に応じてアドバイスをしたりしながら、無事に心臓が摘出された。

科捜研の共有スペースでは、日野と呂太と亜美が、ＡＬＳライトを使って礼子と斎藤の衣服の微物を探していた。赤いライトを当てると毛髪、緑は指紋、青は血液、体液などが浮かび上がる。

「あ」

青いライトを当てていた呂太が、見つけた液体痕を撮影し、採取した。

そして化学研究室では宇佐見が、礼子と斎藤の衣服から見つかった付着物の成分を分析し始めた。

土門と蒲原は、洛北医科大学のウイルス学研究室を訪れた。本格的に捜査が始まったことを告げ、相田と柴崎、美穂子を聴取のために呼びだした。

「あなた、礼子教授と斎藤准教授と一緒に、加賀野教授に会いに行ってますよね？」

蒲原は美穂子に礼子と斎藤の顔写真を見せた。

「……礼子教授に言われて、同行しただけです」

美穂子はうつむき、小声で言った。

「それ、以前会ったとき、話してくれませんでしたね」

土門は小柄な美穂子の顔を覗き込むようにして言った。

「……すみません。あのときは、礼子教授が亡くなったばかりで、気が動転してて……」

美穂子はその視線から逃れるように、土門に背中を向けて数歩歩いて場所を変えた。

「でもその研究で東京へ行ったんやったら、なんで礼子さんはおまえやなく、秦くん連れてったんや」

相田は隣に立っている柴崎に尋ねた。

「……さぁ」

柴崎は首をかしげている。

「東京で、あなたたちと加賀野教授は、どんな話をしたんです?」

土門はまた美穂子に近づき、今度は加賀野の写真を見せた。

「話が専門的すぎて、私にはよくわかりませんでした」

そう言って目を逸らす美穂子に、相田が「おいおい」と突っ込んだ。

「そらあかんやろ、君も専門家なんやから」

「そんな言い方しなくてもいいじゃないですか」

柴崎は美穂子をかばった。でも土門たちにとって、論点はそこではない。なぜ黙っていたかが引っかかるのだ。

「あ、すみません。私まだこの研究室に来て日が浅いので……」

美穂子は、とにかく自分はここへ来て日が浅いし何もわからない、と主張した。

マリコは、文書研究室にいた日野と宇佐見に結果を報告した。

「斎藤准教授の解剖の結果、転落死以外の所見は出ませんでした。死因は全身打撲による外傷性ショックです」

持っていた司法解剖鑑定書を、二人に見せる。

「礼子教授と同じですね」

宇佐見がマリコを見た。

「ただ、髄液を鑑定した結果、リンパ球優位の細胞増多、タンパクの上昇がみられました」

今度は斎藤の髄液の検査結果資料を見せた。

「やはり、何かの病気だったんですかね」

宇佐見が尋ねた。

「それをはっきりさせるため、今、髄液のウイルスや細菌を培養して病原体を探しています」

先ほどマリコは法医研究室で髄液を培地(ばいち)シャーレに付着させた。今、培養中だ。

「二人の死亡時の着衣から採取した微物は?」

日野が宇佐見に尋ねた。

「着衣から特に気になるものは出ませんでした。ただ、二人の家から押収した服から気になるものが……」

宇佐見は共有スペースへ出て、モニターに礼子と斎藤の衣服の写真を表示させた。共に胸の辺りがＡＬＳで発光している。

「あ、これって洗濯カゴにあったやつ?」

「そうそう、洗濯前の服」

共有スペースで作業をしていた呂太と亜美が、モニターを見て言った。

「それに液体が付着していたんですが、その成分が……」

これです、と、モニターに表示した検出成分の一覧表を示した。

「ブドウ糖、トレハロース、は糖分ですね。スキムミルク、グリセロール、ムチン

……食品ですか?」

マリコは読み上げた。

「成分的に、乳製品のドリンクじゃない?」

日野が言う。

「これが食品だとしたら、グリセロールは食品添加物ですかね?」

マリコは宇佐見に尋ねた。

「ええ、私も市販されている加工食品だと思って、該当する商品を調べてるんですが、まだ見つかってません」

「でも食品だとしたらよけいな成分があるような……」

マリコは考え込んだ。

「二人とも偶然、同じ乳酸菌飲料を飲んだってこと？」

日野は宇佐見を見た。

「あ、宇佐見さん、乳酸菌飲料なら、使われてる乳酸菌はメーカーによって違うはずです」

「乳酸菌の種類がわかれば、商品もわかる？」

マリコも亜美も、宇佐見に言った。

「かもしれない。成分だけじゃなく、細菌も調べてみる」

宇佐見が言ったところに、カツカツとヒールの音が響き、泰乃が「失礼します」と入ってきた。

「『飛ばしの携帯』が通信した基地局がわかりました」

と『基地局アクセス履歴情報』の資料をテーブルの上に置く。

それによると、礼子が転落した十一月二十三日の22：30：17と22：49：30にかかってきたのは京都市下京区内から。斎藤が転落した翌二十四日の14：13：45は京都市南区内で、15：35：08にかかってきたのは再び下京区内からだ。

「全部、京都市内の基地局だね」

呂太は泰乃にもため口だ。

「ええ、この『飛ばしの携帯』が犯人の物なら、犯人は京都にいたってことになります」

泰乃は言ったが、

「犯人って、まだ殺人って決まったわけじゃないから」

と、日野はたしなめた。

「でも仮にこれが殺人だとしたら、犯人は一体どんな手口で二人も殺したのかしら……」

マリコはみんなを見た。

「あ、電話で催眠術かけたとか？」

呂太がおどけて言う。

「催眠術って、あのねぇ」

「催眠術なら、『助けて』『殺される』って言いながら飛び降りる可能性もありますよね？」

「知らないよ」

マリコから真面目に問いかけられた日野は苦笑した。

＊

痛い、頭が痛い……。

夜明けを告げる鐘の音が響き渡るロンドンの街で、ブライアン・オートンは、両手で頭を抱えながら、自身が勤める農業大学のエスカレーターを上ってきた。

「助けて！　殺される！」

エスカレーターを上りきったところで、ブライアンは持っていた資料を投げ、吹き抜け部分に飛び降りた。

ドン。

ブライアンは床に落ち、絶命した。うつ伏せに倒れるブライアンの上に、花びらが散るように、資料の用紙が舞い落ちてきた。

その頃、カナダは前日の夜だった。スティーヴ・マクファーレンは、痛む頭を両手で押さえながら、職場であるトロント工科大学の最上階の教室に駆け上がった。

「助けてくれ、俺は殺される……」

スティーヴは窓ガラスに向かって駆けていき、突き破った。

「うわあああああぁーー！」

夜空にガラスが割れる音と、スティーヴの悲鳴が響き渡った。

ドン。

スティーヴはガラスの破片と共に地面に落ち、絶命した。

＊

マリコは保管庫のドアを開け、透明のガラスの向こうにある培地シャーレを観察した。けれど培地にはまだ何も現れていない。再びドアを閉めたとき、日野が入ってきた。

「マリコくん、髄液のウイルスや細菌はどうなってんの?」

「それが、まだ培養が終わらなくて……」

「例の液体から、細菌が出ました!」

そこに、宇佐見が入ってきた。

「おお、二人の服から出た乳酸菌飲料?」

日野が色めき立つ。

「ただの乳酸菌じゃありませんでした。検出されたのは『ダイエット菌』です!」

宇佐見は、細菌検査の鑑定書を見せた。そこには球状のダイエット菌の写真が載っている。

「え！」

マリコと日野は同時に声を上げげた。

マリコからの報告を受け、土門と蒲原は、再び帝政大学の加賀野のもとを訪れた。以前と同じように招かれた教授室で、転落死した礼子と斎藤の衣服からダイエット菌が検出されたことを、報告した。

「それも、かなりの数の『ダイエット菌』が検出されました」

土門は、ソファに座っている加賀野から目を逸らさずに話した。今日も黒ずくめの服を着ている加賀野は、斜め後ろに立っている土門の方は見ずに、まっすぐに前を向いたまま聞いていた。

「じゃあ、ここにいらっしゃったときに付着したんですかね」

加賀野が振り返って土門の顔を見た。

「いえ、誤って付着した程度の細菌数じゃなかったそうです」

そう言いながら、土門は教授室の中をゆっくり歩きまわった。

「まさか、研究室から『ダイエット菌』を盗んだんじゃや……」

同席していた奈々枝が土門に言った。

「でも『ダイエット菌』は厳重に管理していて、加賀野教授以外、簡単には持ち出せないはずよ」

すぐに友希枝が否定した。

「つまり、あなたなら持ち出せる」

土門が加賀野の方に向き直ると、友希枝と奈々枝が側近のように両側に立っていた。まっすぐに土門を見つめる四つの目は、加賀野を心から崇拝し、信頼しているように見える。

「『ダイエット菌』は腸内細菌です。専門家がその気になれば手に入れる方法はいくらでもあります」

加賀野は言った。

「現に、教授が論文を発表してから、世界中の大学が再現実験のために『ダイエット菌』を扱っています」

奈々枝がフォローするように言い、

「ええ、ですからウチの『ダイエット菌』と断定はできないでしょう」

加賀野は余裕の笑みを浮かべた。

「加賀野教授、昨日の午後三時頃と一昨日の午後十一時頃、どちらにいらっしゃいましたか？」

ずっと黙っていた蒲原が口を開いた。

「それは、お二人の死亡時刻ですか？」

「まさか、先生を疑っているんですか？」

奈々枝が土門に嚙みつくように言う。

「いや、それ以前に、石川教授と斎藤准教授は殺害されたんですか？　報道では、自殺の可能性が高いと言ってましたが」

加賀野は奈々枝を遮り、土門に尋ねた。

「殺人事件と断定されたわけではありません」

「しかしあなた方はそれを疑っている。だから私にアリバイを聞いた。そういうことですね？」

加賀野は土門の目の前に立った。

「そんな、酷い！」

友希枝も抗議したが、加賀野は手で制し、続けた。

「まぁいい。昨日の午後三時、私はここで複数の医療ジャーナルの取材を受けていました」

加賀野は上着の内ポケットから複数の名刺を取り出した。

「そのときいた記者です、確認してみてください」

受けとろうとした土門の手の上で、バラバラと、その名刺をまく。

「……先生、一昨日の午後十一時頃は」

土門は床に落ちた名刺を拾わずに、問いかけた。

「午後十一時……教授、その時間なら……」

友希枝が声を上げた。

「ああ、私は運が良い。その時間はいつも研究室だ」

「研究室？　そんな夜遅くに？」

そこにタイミングを計ったように、ピピ！　と、加賀野の腕時計のタイマーが鳴った。

「あなた方も運が良い。面白い実験をお見せしましょう」

加賀野はにっこりと笑った。

教授室を出て、外の通路を通り、微生物学研究室へと移動した。こちらもコンクリート打ちっぱなしの部屋だが、天井が高く、面積の半分ほどはステージのように高くなっている。そしてそこには、プラネタリウムのような、半透明のドームがあった。その周りには三人の白衣姿の研究者が立っている。

そして、実験服の白いワンピースに着がえてきた奈々枝と友希枝がドームの前に立った。まるでこれから神聖な儀式でも始まるような雰囲気だ。

加賀野が白い手袋をはめると、キャップをかぶり、マスクをし、白い長靴を履き、厳重に防護した研究者がうやうやしく小さなジュラルミンケースを持って歩いてきて、そのケースを、ステージの下にいた眼鏡をかけた助手、木村柊一に渡す。木村はそのまま加賀野の方にまっすぐに歩いてきた。そして加賀野の前でケースの向きを変え、カチャリと蓋を開ける。

中にはオレンジ色のカプセルが縦横各五個、計二十五個入っていた。加賀野はその中の一つをつまみ上げた。

「そのカプセルが『ダイエット菌』ですか」

蒲原は尋ねた。

「『ダイエット菌』と保存液が入っています」

木村がロボットのような口調で答え、ケースの蓋を閉めた。すると今度は、さっきとは別の、だがやはりマスクと長靴で厳重に防護している研究者が、両手で捧げるようにトレーを持ってやってきた。そのトレーには透明な液体——保存液——の入ったカップが二つ載っている。加賀野は片方のカップのそばに、カプセルを置いた。それを合図に、木村がドームの方を向く。

「では、体重測定を」

木村が、ドームの前に立っていた奈々枝と友希枝に言う。

「はい」

二人は目の前に置かれた体重計に乗った。するとそばにいた研究者が、体重をチェックし、シートに書き込んだ。

「本日の体調の方は?」

木村は奈々枝を見た。

「大丈夫です」

「確認できました」

体重をチェックしていた研究者が木村に言うと、奈々枝と友希枝は顔を見合わせてうなずきあい、左右に分かれてドームの中に入った。それぞれ、トレーの上のカップを手に取る。

「よし、午後五時だ。奈々枝くん」

加賀野が言うと、奈々枝はカプセルを口に含み、カップの中の保存液を飲んだ。友希枝も同じようにカップの中の保存液を飲んだが、ダイエット菌の入ったカプセルは飲んでいない。

「こうして毎日奈々枝くんは『ダイエット菌』と保存液入りのカプセルを飲んでいます」

木村が言った。

「『ダイエット菌』は腸内細菌ですから無害です」

「保存液もウチの研究室のオリジナルで無害です」

奈々枝と友希枝が言う。

「毎日、何時に飲んでいるんですか？」

土門は尋ねた。

「午前十一時、午後五時、午後十一時の三回です」

木村が答える。一日三回、この儀式めいた実験をしているようだ。

「彼ら全員が証人です。これでアリバイになりましたか？」

加賀野は勝ち誇ったように言う。

「この実験はいつからしているんですか?」

「もうすぐ六ヶ月になります」

「六ヶ月? 半年でこんなに痩せるんですか」

蒲原はドームのそばに歩いていき、改めて奈々枝を見た。

「『ダイエット菌』は、血中注射なら数分、今のような経口投与なら一時間以内、粘膜からなら二時間程度で感作し、その後、二十四時間前後で生体反応が出ます」

「つまり、それだけ早く『体重適正化反応』、つまりダイエット効果が出るんです」

木村と奈々枝が言った。

「何か、お金になりそうな研究ですね」

蒲原は加賀野の顔を覗き込んだ。テレビや雑誌でもたびたびダイエット特集が組まれているし、老若男女問わず、常に人々の関心の的だ。

「ええ、まずは特許からです」

木村が蒲原に言った。

「特許?」

「教授は論文発表と同時に、特許を出願しましたから」

「特許料が入れば、国の補助金に頼ることもなくなります」

「国の補助金に頼りたくないんですか?」

土門は加賀野を見た。

「まさか。国からの交付金はありがたく使わせていただいています。ただ、それは、財務省の役人でも理解できる研究にしか予算が付かないということも意味します」

「たとえば、ダイエット菌のような」

加賀野がステージに上がっていき、土門も続いた。

「ま、否定はしません。ただ本来、我々のような科学者は、細菌とは何か、細菌はどんなメカニズムで増えるのか、そういった基礎的な研究をすべきなんです」

「それだと、予算はつかなそうですね」

「だからまずはお金を集める。そうしてやっと、目先の利益ではなく何十年も先の人類にとって有益な研究ができるようになるんです」

「教授は今、そういう大事な時期なんです」

「そうです。だからさっきのような、教授にとって不名誉な話は今後慎んでください」

ドームの中の奈々枝と友希枝が立ち上がり、土門に厳しい口調で言った。

科捜研のメンバーは化学研究室に集まり、みんなでトレーの上に置かれた礼子と斎藤の衣服を見つめていた。

「どうして二人の服に『ダイエット菌』が……」

マリコは腕組みをして、考え込んでいた。

「乳酸菌飲料じゃなく、ダイエット菌飲料だったとはね」

日野が言う。

「たしかに、『ダイエット菌』が入っていたこの液体……飲める成分ですよね」

宇佐見は成分表を見て言った。

「ブドウ糖、トレハロース、スキムミルク、グリセロール、グルタミン酸ナトリウム」

呂太は成分表を覗き込んで「うん、おいしそう♡」と笑顔を浮かべた。だがみんなは真剣な表情を崩さない。

「スキムミルク、グルタミン酸ナトリウム……」

マリコの心の中に、呂太が読み上げた成分が引っかかった。

「『ダイエット菌』が入っていた……」

マリコはぶつぶつつぶやきながら、化学研究室内を歩き回った。

そして、ある記憶がよみがえってきた。

礼子の転落死を知らされた二日前、マリコはカフェバーにいた。そこで声をかけてきた老紳士にたしか……。

（新しい保存液の研究論文です。『スキムミルク』や『グルタミン酸ナトリウム』などの、害のない成分でできている保存液だから――）

そう言ったのだ。

「それ、食品じゃなく、保存液の成分かもしれない！」

マリコは声を上げた。

「うん。保存状態が良好だね」

加賀野は顕微鏡でダイエット菌の状態を見ていた。

「はい」

助手の木村がうなずき、ジュラルミンケースを閉めた。研究室の面々は、もう土門たちなどいないかのようにふるまっている。さすがにもうこれ以上ここにいても仕方がないかと、土門が思い始めたとき、スマホをチェックしていた蒲原が近づいてきた。

「土門さん」

蒲原が見せてきたのは科捜研からのメールだ。礼子と斎藤の衣服についていたのは、保存液の可能性があるという。

「ねぇ、あなた！」

土門はジュラルミンケースを保管庫に入れようとしていた木村に声をかけた。

「そのカプセル、任意提出してください」

「任意提出って、どうして⁉」

奈々枝が声を上げた。ドームの中で、脳波を測定するためのヘルメットのような機械をつけている。友希枝もだ。

「死亡した二人の服に、保存液が付着していたことがわかりました。しかも、飲める保存液です」

蒲原が説明した。

そして土門が確認する。

「カプセルにはそういう保存液が入ってるんでしたね？」

「まだ教授を疑っているんですか？」

友希枝もドームの中から抗議してくる。

「アリバイは証明したはずですが？」

加賀野が土門たちの方に歩いてきた。

「これが殺人事件だった場合、犯人は被害者と接触していなかった可能性もあります」

「その場合、予め毒物を渡しておいた可能性があります」

蒲原と土門が言う。

「毒物？　このカプセルが？」

「もっと言えば、あなたが発見した『ダイエット菌』が」

土門はかすかに皮肉めいた口調で言った。

「『ダイエット菌』はどこでも手に入ると申し上げたはずです」

「でも、この保存液はここのオリジナルですよね？　つまりこの保存液と被害者のそれとが一致すれば、被害者を殺したのは、ここの『ダイエット菌』と言えるはずだ」

「……話にならない。お引き取りください」

加賀野は薄い笑みを浮かべながら言った。

「蒲原」

だが土門はかまわずに、蒲原を呼んだ。

「はい」

蒲原はコートのポケットから手袋を出した。

「任意提出に応じるとは言っていません」

加賀野は先ほどの笑みを引っ込め、言った。手袋を片方はめたところで、蒲原は手を止めた。

「何か、提出できない理由でも?」

　土門は尋ねた。

「あなた方の非科学的な論理が不快なため、これ以上関わり合いたくない、というのは理由になりますか?」

　加賀野も挑戦的な口調で言う。

「そうなると、令状で強制的に提出してもらうことになりますが、大事になってしまいますよ」

　土門は研究室内を歩きだし、ドームの中に入っていった。中にいた奈々枝と友希枝が、不安げに土門を見上げている。

「それは、脅しですか?」

「いいえ。ただ、国から補助金をもらっている身であり、今は特許を出願されている大事な時期だとお聞きしたので」

　そしてドーム越しに加賀野を見た。

＊

京都府警本部長、佐伯志信（さえきしのぶ）は、時計を見てゆっくりと立ち上がった。この日の任務は終わりだ。黒いコートを手に取ってバサッと羽織り、コートと同色の中折れハットをかぶった。本部長室から出て行こうとしたとき、プルルル、と電話が鳴った。

「警務部です！」

「おお、ちょうど良かった。帰るからね、車を回してくれ」

「本部長！　至急、テレビをご覧ください！」

「テレビ？　なんでだ？」

電話の先の剣幕に、佐伯は眉根を寄せた。

「とにかくご覧ください！　関西中央放送です！」

電話はブツッと切られてしまった。

「しょうがないね、もう～」

受話器を置いて、仕方なくテレビを点けた。リモコンで局を選択する。

〝任意提出を強要『不当捜査』京都府警に抗議〟の文字が現れた。深刻な顔で会見をしている男性は『帝政大学　加賀野亘教授』だそうだ。

『ダイエット菌の研究は、人類の未来にとって有益な細菌研究と自負しています。それを、京都府警は潰そうとしている』

「あわわわわ……」

まずいことになった。思わずハットを取り落とした佐伯は顔をしかめ、声を震わせた。

『しかも、その捜査員は国の補助金を得ている研究であることを、まるで私の弱みのように言及し、任意提出を強要した。これは日本全国の研究者に対する挑戦であり、日本の科学技術を疲弊させる害悪以外の何物でもない！』

加賀野は画面を指さし、断固許さない、と、厳しい口調で言った。

翌日、土門が出勤してくると、前方の渡り廊下から制服姿の男が三人、歩いてきた。

「土門警部補、おはようございます。警務部です」

その中央にいた男が、口を開いた。三人の中では一番年下だ。

「おう、木島。久しぶりだな」

土門は気安く声をかけたが、木島は表情一つ変えない。

「すでに本庁や管区警察局の方がお見えです。どうぞ」

「うん」

土門はうなずき、踵(きびす)を返して歩き出した木島たちに続いた。だが数歩歩いたところで、木島は足を止めた。木島以外の二人は気づかず歩いていく。

「どうした」

「土門さん……その、なんて言ったらいいか……土門さんを連行しなきゃいけない日が来るなんて」

木島は土門の顔をまともに見ることができないようだ。うつむいて、唇をぎゅっと嚙みしめている。土門はそんな木島のみぞおちあたりに軽くパンチをお見舞いした。

そして、へへ、と笑った。

「気にするな。それが今のおまえの仕事だ」

木島は、土門が踏み入れたことのない部屋の前で立ち止まった。待機していた二人の警務部員がドアを開けると、長机に男性と女性が一人ずつ、こちらを向いて座っていた。

「失礼致します。土門警部補をお連れしました」

木島に続き、土門は中に入っていき、頭を下げた。

「警察庁刑事局、倉橋(くらはし)刑事指導連絡室長と、近畿管区警察局、芝美紀江(しばみきえ)主任監察官です」

倉橋は京都府警の刑事部長だった頃、警視庁への異動を検討されるほど有望な人物だった。だが出世よりも己の正義感を優先して地方の所轄署長に左遷されたこともある。美紀江は京都府警捜査一課管理官を務めた後、近畿管区警察局に異動した。

木島は紹介が終わると、部屋を出て行った。

科捜研の化学研究室では、宇佐見がシャーレに土門たちが持ち込んだダイエット菌の保存液を流し入れ、鑑定を始めた。

マリコは法医研究室の保管庫からシャーレを取りだした。髄液を培養しているのだが、相変わらず変化はない。マリコはため息をついた。

研究室から共有スペースに出ると、日野たちが待ちかまえていた。

「あ、マリコくん、斎藤准教授の脳から採取した髄液、ウイルスや細菌は出た？」

「できれば『ダイエット菌』がいいんですけど」

日野と亜美に問いかけられ、マリコはうつむいた。

「まだ何も……」

「『ダイエット菌』が死因だってわかれば、土門さんも蒲原さんも怒られなくて済むかもしれないのに」

呂太は言ったが、

「そんな簡単な話じゃない」

と、声がした。蒲原が入ってきたのだ。

「問題は、俺や土門さんがさせた任意提出に違法性があったかどうか、そのせいで損害を与えたかどうかだ」

「加賀野教授に損害を与えちゃったんですか？」

亜美は尋ねた。

「それはわからないけど、違法性はあったと思います」

「刑事部長の一声で捜査本部は立ったけど、まだ殺人事件と断定されてないしね」

日野が飄々（ひょうひょう）とした口調で言う。

「そんな中で、令状もなく、強引に提出をさせたのは、さすがにマズかったと思います」

「なんで令状を待てなかったの」

日野が尋ねた。

「その間に保存液が処分される可能性があったからです」

あの教授と、教授を崇拝しているあの研究者たちならやりかねないと、土門も蒲原も焦ってしまったのだ。

「そうまでして提出させた保存液の鑑定は?」

マリコは尋ねた。

「まだ。今、宇佐見さんが」

亜美の言葉に、みんなはガラス越しに化学研究室の宇佐見を見た。

「その鑑定で、カプセルの中の保存液が二人の服から出た成分と一致すれば……」

マリコは言ったが、

「ていうか、一致しなかったらきっと、大変なことになる」

日野は悲観的だ。マリコたちが事件の概要を整理したホワイトボードを見ていると、宇佐見が化学研究室から出てきた。

「提出してもらった保存液、どうでした?」

「二人の被害者から出た成分と一致しました?」

マリコと亜美は、期待の目で宇佐見を見た。

「……一致しませんでした」

「え!」

「ほらほら……」

日野が顔をしかめる。

「カプセルの中の保存液は確かにオリジナルでしたが、被害者二人の服から出た保存液は市販の物に近いんです」

宇佐見が言う。

「つまり違法な捜査をした上に、事件とは無関係だった」

蒲原は青ざめている。

「それ以前に、事件であることも証明できてないよ」

日野はそんな蒲原を責めるように言う。

「え～どうなっちゃうんだろ、蒲原さんと土門さん……」

呂太は頭をかきながら共有スペースをウロウロしはじめた。

「とにかく、捜査本部に伝えないと」

蒲原がスマホを手にし、出て行こうとしたそのとき、

「動かないでください！」

と、声が響いた。スーツの上に揃いの黒いジャンパーを着た男たちがぞろぞろと入ってくる。胸に入った『S．I．I．』のロゴは、科学鑑定監察所。科学鑑定が適正に行われたかどうかを鑑定する監察官たちだ。

「電話から手を離して！」

監察官に指示をされ、蒲原はスマホごと手を下ろした。と、監察官たちをかき分け、トレンチコート姿の男性が入ってきた。

「お父さん？」

マリコは目を丸くした。父、榊伊知郎だ。

「『科学鑑定監察所』の榊です」

伊知郎が言うと、日野が出て行き、頭を下げた。

「二件の転落死案件の鑑定書を、すべて提出してください」

伊知郎の言葉に、監察官たちはいっせいに科学捜査研究所内になだれこんできた。

「『ダイエット菌』に凶器になるほどの毒性があるんですか？　その証拠は？」

美紀江は立ち上がり、土門に迫ってきた。土門と美紀江は、以前にも何度か激しく火花を散らしたことがある。

「答えられませんよね。そんな証拠があったら、とっくに殺人事件と断定されていたはずですから」

黙っている土門に、美紀江は、それみたことかとばかりに言葉を浴びせてくる。

「事件性が確定してない段階で捜査本部を立てたのは、早まった判断だったかもしれないなぁ」

座ったまま、机に肘をついている倉橋の落ち着いた口調は、早口で責め立てる美紀江とは正反対だ。

「藤倉刑事部長の判断だったようです。この後、藤倉部長へも監察官聴取をする予定です」

美紀江の言葉を聞き、

「刑事部長に帳場を立てるよう要求したのは俺だ」

土門は動じることなく口を開いた。

「人の心配をしてる場合じゃありませんよ。加賀野教授がマスコミに訴えた通り、君の捜査で研究に支障が出たことが証明されれば、君の処分は謹慎程度じゃ済まない」

倉橋は言った。

「研究に支障が出たかなんてどうやって調べるんです?」

「心配無用だ。それを調べる専門家がいる」

その人物が今、加賀野のもとに行っていると、倉橋は言った。

「『警察協力受難者協会』の、佐久間と申します」

佐久間誠は、加賀野に名刺を差し出した。

「警察に協力したことで受難、受傷、死亡した民間人を調べ、援助金、見舞金、弔慰金を給付する公益法人です」

「私はそういうお金が欲しくて告発したわけではありません」

「あぁ、もちろんですよ。我々が徹底的に調べた結果、損害が判明した時点で、京都府警には正式に謝罪させせます」

任せてください、と、佐久間は言った。

監察官たちは、研究所の中をくまなく調べていた。

パソコンの中身はすべてデータをコピーされ、資料もすべて押収された。

「あ、榊監察官。私の聴取はいつ?」

日野は、共有スペースに入ってきた伊知郎をつかまえ、尋ねた。伊知郎はもともと、科捜研の所長だった。日野は伊知郎の退職後、後任として所長に昇進したのだ。

「日野所長の科学監察聴取は最後に行います」

日野に答えると、伊知郎は法医研究室にいるマリコを見た。


マリコは伊知郎と共に取調室にいた。資料を手にした伊知郎は、マリコの周りをゆっくりと歩きながら、聴取を終えた。

「榊研究員の鑑定に、重大な瑕疵(かし)はないと判断します。これで今日の科学監定聴取を終わります。ただし、後日また聴取することもあり……」

「私、宇佐見さんがした鑑定で、被害者二人の服から出た液体がずっと気になってるんです」

座って聴取を受けていたマリコは、一点を見つめたまま、言った。

「被害者って、まだ事件と断定された訳ではありませんよ」

伊知郎はマリコの横顔に声をかけた。

「最初は乳製品などの加工食品と考え、その後、保存液じゃないかと考えた、あの液体です」

「これですね?」

伊知郎は素早く資料から該当する成分分析表を取り出した。

「はい、ここから『ダイエット菌』が出たのに、加賀野教授が『ダイエット菌』と一緒にカプセルに入れていた保存液とは一致しなかった。ではなんなのか。そこにこの事件の、いえ、事件かどうかの答えがある気がするんです。榊監察官はどう考えます? かつて科捜研で、宇佐見さんと同じ化学研究員をしていた榊監察官なら……」

マリコは前を向いたまま、背後に立っている伊知郎に問いかけた。伊知郎は元々考古学者で、大学教授だった。だが警察で働くことになり、科捜研の所長を務め、何年間かはマリコの上司だったこともある。

「答えられるはずないよね。今の父さんは研究員じゃない。私を調べる監察官なんだから」

思わず立ち上がり、伊知郎の前に立って顔を覗き込んだ。だが伊知郎はマリコと目を合わせることなく、うつむいている。

「これが、加工食品だとしても、保存液だとしても、余分な成分が多い。最初見たときそう思った」

伊知郎はゆっくりと切り出し、マリコを見た。

「うん！　私もそう思った！」

マリコは目を輝かせた。

「さらにここ」

伊知郎は成分表の一番下を指した。『ムチン』『グルタミン酸ナトリウム』『クエン酸ナトリウム』などの検出された成分に続き『その他』とある。

「その他、０・０１％の『隠れ成分』」

マリコは気持ちを高まらせた。

「これがわかればもしかしたら……」

「この液体の正体がわかるかもしれない」

マリコが言うと、伊知郎は無言でうなずいた。

「父さっ……榊監察官、なぜ答えてくれたんですか？」

「……ここに来るとき、母さんと約束した」

「ここに来ること、母さんに言ったの？」

「隠したつもりがバレてた。家を出るとき言われたよ。『あなたがマリコと仕事で会うときは、親子じゃいられない。それはわかってる』」

「母さん……」

母、いずみは常にマリコを心配してくれている。一時期は執拗にマリコに見合いを勧めたりと、見当違いなこともするが、基本的には母娘は仲がいい。

『それならせめて、科学者同士でいてほしい』

と、いずみは伊知郎に言ったそうだ。

「科学者同士……」

「だから、科学者として答えました。以上です」

すこし照れくさくなったのか、伊知郎は背を向けて、出て行こうとした。

「榊監察官の意見を伝え、宇佐見さんに再鑑定を依頼します。彼の聴取はもう済んでますから、いいですよね？」

「……相変わらずだね、榊くんは」

伊知郎は苦笑いを浮かべるしかなかった。

＊

美紀江と倉橋のもとに、藤倉が呼ばれた。

「科学鑑定監察所から、科捜研の監察報告が来ました」

そう告げる美紀江に、

「科捜研の鑑定手法とその結果に、瑕疵はいっさいなかった」

報告の結論を先に知っていたかのように、藤倉は断言した。

「……ええ、どうして？」

「今回の科捜研の鑑定書は、私も読んでいますから」

藤倉は立場上、マリコたちには厳しい態度で接しているし、暴走しないように諫めることはあるが、根本的には信頼している。

「『警察協力受難者協会』から連絡が来た」

倉橋はスマホを掲げながら、二人の会話に加わった。

「加賀野教授の被害を調べている公益法人ですか」

藤倉が尋ねる。

「今のところ、土門警部補と蒲原巡査部長の聴取により、教授の研究に支障が出た事実はないようだ」

「そうですか」

美紀江はホッとため息をついた。

「そんな教授から、和解条件が提案された」

「は?」

一瞬柔らかい表情になりかけていた美紀江は、目を見開いて倉橋を見た。

藤倉は捜査会議が行われる会議室に、土門を呼びだした。

「今後、容疑者としてはもちろん、任意の参考人としての立場でも、聴取には一切応じない。それが守られるなら、京都府警に謝罪は求めない」

倉橋から聞いた、加賀野が出した和解条件だ。

「そんな条件呑む気じゃないでしょうね」

土門が抗議するように言うと、

「なぜだ?」

藤倉は、逆に問いかけた。

「は?」

「マスコミを使って騒いだんだ。おまえらがさせた任意提出の違法性を認めて、謝罪しろとなるはずだろう」

「そうなれば、何を任意提出させたのかも公になる可能性があるからですよ」

土門は、自分の考えを口にした。

「『ダイエット菌』への風評被害を避けたかったってことか」

「いや、風評を避けたいならマスコミは使わなかったはずです。きっと、もっと隠したい何かがあるんですよ。だからマスコミを使って圧力をかけ、捜査を止めようとした」

「だが、それで自分にも調査が入ることになった……」

「それをさせない代わりに和解なんて言い出したんです」

そこまでは推測できる。だがもう一歩進むにはどうしたらいいのか。土門と藤倉は考え込んだが、すぐに答えは出なかった。

土門は屋上にマリコを呼び出した。監察官聴取が終わり、『警察協力受難者協会』の調査で自分たちの捜査が加賀野に損害を与えた事実はないこともわかった。

「とはいえ、あの任意提出のさせ方は違法だった。近々本部長から注意くらいはあるらしい」

「そう、じゃあ慣れてるわね」

マリコはどこか楽しそうな口調で言った。この日は秋晴れで、心地のいい風が吹いてきて、マリコの白衣を揺らしている。

「おい、『本部長注意』は初めてだ。その上の懲戒処分は何度かあるけどな」

すぐに熱くなってしまう土門は、捜査が行きすぎたことでの謹慎処分などは何度も受けている。

「はいはい。じゃあ土門さんの監察官聴取も終わったのね？　芝監察官は今どこ？挨拶くらいしとかないと」

強引な手段を使ってでもスピード解決を求める姿勢の美紀江と、真実を明らかにするために微細な証拠を集めて粘り強く調べていくマリコとは、正反対と言っていいほどタイプが違った。マリコ自身、美紀江には取り調べを受けたこともあるし、厳しく当たられたことも何度となくある。鉄の管理官、美紀江と、そりが合っていたとは言い難いが、自分の仕事に真剣に向き合う姿勢は互いに認め合っていた。

「芝監察官なら、倉橋室長と一緒に帰ったと思うが」

「倉橋？」

マリコは思わず声を上げた。

「うん、警察庁の刑事指導室長だ。ああ、昔、京都府警にいたこともあったとか——」

土門の言葉もろくに聞かず、マリコは走り出した。

「あ、オイ！　榊！　榊！　話の途中だ！」

背後で土門の声が聞こえていたが、マリコは振り返らなかった。


マリコは京都府警本部の中をあちこち走り回っていた。そして、黒いコートを着た倉橋が、二人の警務部員を従えるようにして玄関を出て行こうとする後ろ姿を見つけた。

「拓也（たくや）！」

マリコが声をかけると、倉橋がぎくりとして振り返った。周りを気にしているようなそぶりをしているが、マリコはかまわずに笑顔で駆け寄っていった。

「ちょっとすいません」

倉橋は警務部員たちに言い、マリコの腕を摑んで柱の陰に移動した。

「職場で下の名で呼ぶな」

倉橋は声を潜めているが、マリコは久しぶりに会えたのが嬉しかった。

実はかつて倉橋はマリコの夫だった。仕事一筋であまり家庭向きではなかったマリコは、結局、倉橋とは別々の道を歩むことになった。だがドロドロした展開や、後ろめたい感情はお互いにまったくなかったので、マリコはかつての同僚に会うような態度で、離婚後も屈託なく接していた。

「あなたが警察庁に戻ってたなんて、知らなかった！」

「その手の情報に疎いのは相変わらずだな」

「刑事指導室長なんてすごいじゃない！」

二人が話しているところに、後ろから土門が近づいてきた。

「刑事指導連絡室長だ。今日みたいに、監察官がした監察結果を本庁に持って帰るだけの連絡係。本庁には戻れたが、キャリアとしてはくすぶってるよ」

自嘲気味に笑う倉橋を、マリコはじっと見つめていた。

「なんだ。相変わらず生き方が下手とか思ってるのか？」

倉橋が左遷されたのは、持ち前の正義感が祟ってのことだった。

「……それが悪いと思ってたら、結婚しなかった」

マリコの言葉を聞き、近くまで来ていた土門はさっと柱の陰に隠れた。

「だから離婚したんだと思ってたよ」

ハハハ、と倉橋は笑っている。

「結婚して、あなたが変わったように見えた。でもそう見えたのは若かったせいかもしれない」

マリコは頼もしくなった倉橋の横顔を見つめた。

「……一応これでも警察庁刑事局の幹部だ」

倉橋はマリコに名刺を渡した。

「俺にできることがあったら、いつでも頼るといい」

マリコの肩をポンと叩き、倉橋は去っていった。笑顔で後ろ姿を見送っていたマリコだが、土門がすぐ近くでマリコたちのやりとりを聞いていたことには、まったく気づいていなかった。

マリコが科捜研に戻ってくると、みんなは共有スペースでモニターの画面を覗き込んでいた。そこには伊知郎もいた。

「やぁマリコさん」

パソコン画面には、カナダにいる相馬が映っていた。

「またお父上の取り調べを受けたそうで」

相馬は言った。自宅の外にいるようで、背後には一軒家とガレージが映っている。時差は十三時間。こちらは午後だが、向こうは夜だ。大自然の中の生活ぶりを見せつけたいのか、外でランタンを灯してパソコンに向かっているようだ。コンロに火を熾こして、ケトルでお湯を沸かしている様子も映っている。

「ちょっと、そんなこと話したの？」

マリコは科捜研のメンバーを見回した。

「いえいえ、京都府警に監察が入ったことくらい、カナダからでもネットニュースでわかりますって」

「じゃあ、それで心配して電話くれたの？」

「さすがマリコさん、全然違う」

相馬が間髪を容れずに言う。

「カナダで起きた事件で聞きたいことがあるんだって」

日野が言った。

「ザッツライト！　こちらをご覧ください」

モニターにトロントの新聞記事が表示された。

『Researcher Falls to Death at Toronto Engineering University』という見出しが大きく踊っている。

「トロント工科大学で、転落死？」

呂太は見出しを読んで声を上げた。

「健康科学研究所の主任研究員で、専門は細菌疾患」

宇佐見はモニターに近づいていき、転落死した研究員のプロフィールが書いてある部分を読み上げた。

「細菌……」

マリコは眉根を寄せた。

「ドクター・スティーヴは飛び降りる前に、携帯で911に助けを求めてたんです」

相馬は言った。

「それで警察が動いたが、血液検査の結果、彼はマリファナを摂取していたことが判明」

亜美が記事を読む。

「だからスティーヴは、マリファナのバッドトリップによる自殺で処理されてしまった。ところが、これを見て」

相馬はさらにモニターの半分にロンドンの記事を表示させた。

『London Agricultural University Professor Falls to His Death』という見出しの

記事だ。

「ロンドン農業大学の教授が転落死」

「亡くなったのは、畜産細菌研究室の教授だ」

亜美と宇佐見がタイトルと記事を読んでいく。

「また細菌……」

マリコはさらに眉間にしわを寄せ、考えこんだ。

「そう、二人とも専門が似通ってるんですよ。で、京都でも大学の先生が二人、飛び降りてますよね？」

モニターが新聞記事で埋まってしまったので、相馬がしゃべる様子は、亜美が自分のタブレットで表示した。

「一人は『ウイルス学』、もう一人は『歯周病原細菌学』、やっぱり専門が似てるわ」

マリコはみんなに手招きをしながら、ホワイトボードの前に移動した。そして、礼子と斎藤の専門を書き出した付箋を指した。

「それって偶然とか思っちゃいけないやつでしょ？」

タブレットから相馬の声が聞こえてくる。

「そうね……相馬くんがいるオタワの科学捜査センターで、トロントで転落死した人の解剖所見は手に入る?」

「もちろん、血液の薬毒物鑑定書も手に入りますよ」

マリコはタブレットをまっすぐに見つめた。

「『死亡時画像診断』はできる?」

「遺体をＣＴにかけるのか……連邦警察から州警察に依頼してもらえればできるかもしれない」

「じゃあ、今言ったデータを科捜研に送って!」

マリコはタブレットにぐいっと迫った。

「いや、それはカナダ警察の許可がないとできないっすよ」

画面越しであってもマリコの圧を感じたのか、相馬はたじたじになっている。

「マリコくん、そういう依頼は、警察庁からＩＣＰＯを通じてしなきゃいけない決まりでしょ」

日野がＩＣＰＯ――International Criminal Police Organization（国際刑事警察機構）に許可をもらわないといけない、と、釘をさす。

「警察庁……」

マリコは先ほどもらったばかりの倉橋の名刺を取り出した。

『警察庁刑事局刑事企画課　刑事指導連絡室長　警視正　倉橋拓也』

マリコはその名刺を見ながら、倉橋の携帯に電話をかけた。

「だから、その許可を取ってほしいの！」

トロントで転落した研究員の解剖所見と血液の薬毒物鑑定書、さらに死亡時の画像診断のデータが欲しい。だからＩＣＰＯに掛け合ってくれ、と、頼み込んだ。

「なんでそれを俺に言うんだよ！　おたくの本部長に――」

「あなた警察庁刑事局の幹部なんでしょ？　いつでも頼れって言ったじゃない！」

「それを言ったのはほんの十五分前だ！　いくらなんでも頼るの早すぎだろ！」

倉橋は京都駅の近くにいるのか、電車の警笛音などが聞こえてくる。

「許可が出たら連絡して、明日までにお願いね」

「明日まで？」

「お願いっ」

マリコは甘えたように言い、スマホを耳から離した。

「ちょっと！　マリコ？　マリコ？」

倉橋の声が聞こえていたが、さっさと電話を切った。

「明日までには許可が出ると思う」

そして、タブレットの方に振り返り、相馬に報告した。

「じゃ、許可が出次第、解剖と血液の鑑定書、ＣＴ画像のデータを送りますね。じゃあそれまで、Ｓｅｅ ｙａ！」

相馬は通話を切った。

「ちょっと！　誰に電話したらそうなるの？」

日野が非難するようにマリコを見ている。だが、マリコの気持ちはすでに次のステージに向かっていた。

「そんなことより、データが届いたら忙しくなります。宇佐見さん、それまでに『隠れ成分』の鑑定を」

「ええ」

宇佐見はうなずき、化学研究室に入っていった。

「マリコくん、髄液の培養はどうなってんの？」

日野が尋ねてきた。先ほどのような質問には答えないが、マリコは鑑定のことなら喜んで淀（よど）みなく答える。

「それが、まだ何も検出できなくて……」

言いかけたとき、『鉄腕アトム』の着信メロディが鳴った。

「ちょっとすみません」

マリコは電話に出た。

＊

電話は土門からだった。マリコは急いで、錦市場の中の立ち飲み屋に向かった。店内では土門と佐久間が待っていた。土門は勤務中だからウーロン茶だが、佐久間はビールを飲みながら焼き鳥を食べている。

「『警察協力受難者協会』、じゃあ今はここに？」

マリコが佐久間からもらった名刺には『公益社団法人　警察協力受難者協会』の評議員とあった。

「驚いたよ。警察の外郭団体に天下りしていたとは」

土門は名刺を見ているマリコに言った。佐久間はもともと京都府警の刑事部長で、マリコや土門の上司だった。

「私は要領がいい方なんだよ。知らなかったか？」

佐久間は笑う。

「要領がいいなら、あんな辞め方はしなかったはずです」

土門は真面目な顔で言った。そしてマリコも口を開いた。

「私と土門さんが作った冤罪の責任を取って、佐久間部長は警察をお辞めになった。

だから今は、警察の被害にあってる人を助けているんですね?」

八年前、佐久間は冤罪を助長した責任を取り、辞職願を出した。観光タクシーが山中に転落した事件を、運転手が客のカップルを道連れに自殺を図ったと被疑者死亡で送検したのだが、女性客の意識が戻って自殺ではなく事故だったと判明した。捜査一課と科捜研が冤罪を作ったと、監察官の聴取を受けることになったのだ。思えば、そのとき現れたのが美紀江だった。

「あのときも、君たちに監察が入った。どうも、あの事件と似ている気がしてな」

佐久間は言う。

「それで心配して、わざわざ来てくれたらしい」

土門はマリコに言った。

「今回は、鑑定は適正だったという監察結果を得ました」

「俺も、『本部長注意』で済みそうです」

「そうか、じゃあ私が出る幕じゃなかったか」

二人の報告を聞いた佐久間が言う。

「いえ、おかげで、加賀野教授が警察に圧力をかけてまで隠したい何かがあることがわかりました」

「おかげで、私も次にすべき鑑定がわかりました。今度こそ必ず、証拠を見つけ出します」

二人が言うと、佐久間はふっと笑った。

「佐久間部長?」

マリコは佐久間の顔を覗き込んだ。

「私が警察を辞めたとき、君たちに言ったことを覚えているか?」

佐久間はそう言い、テーブルを離れて店の外を行きかう人たちに視線を移した。佐久間は八年前、土門とマリコに「捜査と鑑定は夫婦や親子みたいなもの、そうなってくれれば嬉しい」と告げたのだ。

「土門、榊くん。君ら、いい夫婦になれたんだな……」

佐久間は再び二人に視線を戻して言った。

「え?」

「は?」

二人は同時に問い返した。

翌朝早く、マリコは法医研究室の保管庫から髄液鑑定の培地シャーレを取りだした。

だが変化はない。試験管を見ても、何も現れていない。

「どうして何も出ないのっ」

声を上げたとき、手が滑って試験管を落としてしまった。

パリンッ。

試験管が割れた。

「ひゃっ」

マリコはドキリとして身をすくめた。

割れて粉々になった試験管が何かを象徴しているような気がして、マリコはイヤな予感に襲われた。

出勤した蒲原が廊下を歩いてくると、呂太と亜美が中庭に通じるガラス戸の外を見ていた。

「何してんの?」

声をかけると、二人は中庭を指した。見ると、柵にもたれ、マリコがぼんやりと空を見上げている。あんなマリコの姿は珍しい。若い三人はかける言葉もなく、マリコを見ていた。

そこに宇佐見、日野、伊知郎がどやどやと急ぎ足で歩いてきた。

「マリコさん、液体の成分の再鑑定、終わりました」

宇佐見が中庭に出て行くので、蒲原たちも続いた。マリコも宇佐見の方へ駆け寄る。

「あ、この『その他』の成分、わかりました?」

マリコは宇佐見が差し出した鑑定書を受けとった。

「結論から言うと、やはり、わかりませんでした」

「そうですか……」

マリコはがっくりとうなだれた。

「科捜研の機器では検出できない微量成分ってことだね」

伊知郎が言う。

「そんな微量な成分を鑑定できる機関は、一つだけです」

日野の言葉に、マリコは「あ!」と声を上げた。

「『SPring－8(スプリング・エイト)』!」

「たしか、榊所長の前に所長だった――」

宇佐見が日野を見る。

「そう、その宮前所長が今いるのが、『SPring－8』」

そう言った日野の手首を摑み、マリコは走り出した。

「マリコさん?」

宇佐見たち残りのみんなと伊知郎までもが慌てて後を追った。

『SPring－8』は兵庫県にあり、放射光を利用することができる世界最高性能の大型実験施設だ。伊知郎の前に科捜研の所長だった宮前守(みやまえまもる)が、転出し、技官として勤務している。

マリコは日野の手を引っぱって科捜研に戻ってくると、宮前に電話をかけるよう言った。

「ああ、日野くん、久しぶり。ああ、相変わらず忙しいね。科捜研は？　え？　榊くんに代わる？　やめてよ！　嫌な予感だけがする！」

宮前は拒否していたが、スピーカー通話になっているので、その声はマリコにも聞こえてくる。マリコはかまわずに、今回の事件について話し始めた。

「で、その微量成分の検出をお願いしたいんです！」

「だけどねぇ、今、いろんな研究機関がここを利用してて、『ビームライン』が埋まっちゃってるんだよ」

「ビームライン？」

日野が声を上げた。

「知ってる！　知ってる！　分析とか鑑定とかをする装置で、長い物だと1キロもあるんだよ」

呂太は目を輝かせている。

「宮前さん、『科学鑑定監察所』の榊です」

伊知郎が宮前に声をかけた。

「え、榊ってマリコさんの?」

「今、娘が無理な依頼をしました。申し訳ありません」

「まぁね、娘さんの無茶は今に始まったわけじゃないですけどね」

宮前は苦笑いを浮かべた。

「で、ビームラインの件ですが、『科学鑑定監察所』で専用のビームラインを持っていいます、それを使ってください」

「ホント? 父さんありがとう!」

マリコは伊知郎に礼を言い、再び宮前に話しかけた。

「宮前所長、じゃ、そういうことで、至急お願いします!」

「至急お願いしますじゃないよ。何か特別な申請書でもないかぎり、申し込みから利用までには時間がかかるの!」

電話を切られないうちに、宮前は急いで言った。

「特別な申請書……警察庁刑事局の幹部からの申請書だったら、特別な申請書になりますか？」

マリコは尋ねた。

「そりゃまぁ、なるけど、そっちの方が時間かかるんじゃないの？」

「ありがとうございます！　今日中に申請してもらいます！」

そう言いながら、マリコは伊知郎に倉橋の名刺を渡した。

「今日中？　いや、まさか今日中の話なの？」

宮前は困惑しきっている。

「はい、今日中に鑑定試料を送ります、蒲原さんが！」

「蒲原って誰だ！」

宮前が尋ねているが、マリコは「宇佐見さんお願い」と、宇佐見に指示をした。

「あー、じゃあ、こっち！」

宇佐見が蒲原に一緒に来るように声をかける。

蒲原は戸惑いながらも後に続いた。と、そこに、ピロリン、とメールの着信音が響いた。

「俺ですか」

「亜美ちゃん、メール」

マリコは亜美にメールを確認しに行かせた。そして再び、電話の前に戻った。

「宮前所長、急なお願いして、申し訳ありません」

「相馬さんからＣＴのデータが届きました！」

メールを確認した亜美の声が響いた。

「宮前所長は手を空けて待っててください！　ではまた！」

マリコは言うと、亜美の方へ向かった。

「ではまたじゃない！　オイオイオイ！」

宮前が叫んでいるが、マリコはすでに亜美のパソコン画面の前に移動していた。

「カナダからデータが届いたの？」

「はい！　トロントで転落死したスティーヴさんのＣＴ画像です！」

亜美はパソコン画面に、脳ＣＴの画像データを表示させた。

「あー広範囲に脳浮腫があるねー」

一緒に覗き込んでいた呂太が言う。いつのまにか、みんながパソコンの画面に釘づけになっていた。

「それに、前頭葉に局所的な低吸収域……」

マリコが言うと、

「斎藤准教授の脳と似てますね……」

宇佐見がうなずいた。

「マリコくん、髄液のウイルスや細菌の培養の結果は？」

日野が声をかける。

「それが……結局、ウイルスや細菌は出ませんでした」

マリコの頭に、先ほど試験管を割ってしまったときの落胆が戻ってくる。

「え〜」

呂太が全員の気持ちを代表するように声を上げた。

「まぁ、でも、脳症の患者でも、実は脳からウイルスや細菌が検出されるケースはまれですからね」

伊知郎が言う。

「ええ、たとえウイルスや細菌が脳に侵入しなくても、毒性が強ければ免疫系はダメージを受けます」

宇佐見も同意した。

「結果、免疫が過剰に反応して、いろいろな症状が出る……」

マリコが宇佐見を見ると、宇佐見も小さくうなずいた。

「痙攣（けいれん）や意識障害、異常行動なんかがそれだね」

伊知郎が言うと、少し間が空いた。そしてマリコと宇佐見はひらめいたように顔を見合わせた。

「異常行動！」

＊

マリコはすぐに土門と帝政大学にやってきた。

「今後京都府警の聴取は一切受けない。それが和解条件だったはずだが……」

メゾネットタイプになっている教授室の下の階にいた加賀野は、二人が現れたのを見ると目を逸らし、窓から外を見た。曇り空の下、帝政大学の広いキャンパス内のイチョウの葉が、黄色く色づいている。

「その条件を呑むかどうかの返事は、してません」

土門は言った。そして、隣にいたマリコは手にしていたタブレットを操作した。だが見せようとしたときに、加賀野は二人に背を向け、階段を上り始めた。

「転落死をした京都医科歯科大の斎藤准教授の服です」

マリコはタブレットの画面をかざしながら、加賀野の背中に声をかけた。

「ここから、かなりの数の『ダイエット菌』が出ました」

「それはそこにいる失礼な刑事さんから聞いた」

加賀野は足を止めずに言う。

「その斎藤准教授の脳ＣＴ画像です」

マリコは階段を上りきったところで加賀野の前に回り込んだ。そしてタブレットを操作して斎藤の脳ＣＴ画像を見せた。

「広範囲に脳浮腫があり、前頭葉に低吸収域があります。加賀野教授なら、どのような診断をなさいますか？」

マリコは背の高い加賀野をまっすぐに見上げた。

「……脳症を起こしているとしか言えませんね」

「私も同意見です。では、脳症の原因は？」

「……まさか、『ダイエット菌』が感作したため、とか仰りたいんですか？」

加賀野はマリコの追及から逃れるように、ため息をつきながら横を向いた。

「私も同じ仮説を立てました。『ダイエット菌』の毒性により、免疫系が過剰反応し、神経症状を発症した」

「神経症状？」

「高いところから飛び降りるという異常行動です」

「インフルエンザで高熱が出た子供が、ちょうどそのとき、高いところにいると、飛び降りる確率が上がるとか」

加賀野の背後にいた土門は歩きながら言った。そして、マリコの横に移動してきた。

「その毒性がインフルエンザより強ければ、確率はさらに上がり、大人にもその症状が出る可能性があります」

「それを隠したかったんじゃないんですか？　たとえ警察と和解してでも」

二人は並んで、同じ方向から加賀野の横顔を見つめた。その視線から逃れるように、加賀野は数歩歩いて離れた場所に立った。

「……『ダイエット菌』は腸内細菌です。毒性はない」

「私も科学者です。嘘は困ります。腸内細菌でもウェルシュ菌や病原性大腸菌のように毒性が強い菌はあります」

マリコは加賀野を追いかけていき、言った。

「……だとしたら、なぜその毒性が奈々枝くんには出ていないのか?」

加賀野はとぼけたような口調で言い、ソファに腰を下ろした。

「ななえくん?」

マリコは首をかしげた。

「あ……毎日三回『ダイエット菌』を飲んでいる女性だ」

土門が説明する。

「えっ」

マリコは予想外の展開に、声を上げた。

「まぁ、高いところにいなければ飛び降りないにしても、もう半年も飲み続けているんだ。何かしらの神経症状を一切見せないというのは、あなたの仮説と矛盾しませんか?」

加賀野が背後にいたマリコの方に振り返った。

「あなたは自分を科学者だと言った。科学者なら憶測で発言せず、科学で証明すべきじゃないですか?」

そう言われてしまい、マリコはなんの言葉も返せなかった。

マリコは唇をかみしめながら、外廊下に出てきた。

「だとすると、『ダイエット菌』には私が考えるような毒性はないのかな……」

「被害者二人の服に『ダイエット菌』が付着していたんだ、なのに死亡とは無関係だっていうのか？　ならば――」

土門は言いかけて、言葉を止めた。そして階段を下りていった。そこは円形のエントランスになっていて、ちょうど中央の位置に、青いコートを着た美穂子が立っていた。

「石川礼子教授の助手だ」

土門はマリコに、美穂子を紹介した。

「助手ではなく助教です」

美穂子は土門たちの方は見ずに、一点を見つめたまま、硬い口調で言った。

「あれだけマスコミで問題になったのに、また加賀野教授のとこに行ったんですね」

「だとしたらなんですか？」

「これ以上、加賀野教授の研究の妨害をしないでください」

美穂子は声をふるわせながらも、強い口調で言った。

「え？」

「なぜ、洛北医大の人が加賀野教授をかばうんです？」

マリコは問いかけた。

「私は加賀野教授の論文に衝撃を受け、法医学ではなく細菌学を学ぼうと思い、専門を変えました」

「じゃあ、風丘先生の研究室から転籍した助教って」

マリコはかたくなに目を合わせようとしない美穂子に一歩近づいた。

「ええ」

美穂子はうなずき、ようやくマリコたちの方を見た。

「私は後々、帝政大へ行き、加賀野教授に師事したいと考えています。だから先日、礼子教授が加賀野教授に会いに行くと言ったとき、私は自ら同行しました。加賀野教授の研究は、それほど偉大なんです！」

ほとんど泣きそうな表情で、訴えている。

「だから、加賀野教授の邪魔をする人間は許せない」

土門は美穂子の言いたいことを補足するように言った。

「……その通りです」

美穂子がうなずく。

「もしそれが、礼子教授だったとしても？」

さらに問いかけたが、美穂子はその質問には答えなかった。

「……とにかく、加賀野教授には近付かないでください」

美穂子は土門とマリコを睨みつけ、去っていった。

とんぼ返りで科捜研に戻ってくると、共有スペースにみんなが集まっていた。

「あれ、父さん、まだいたの？」

マリコは伊知郎の姿を見て声を上げた。

「いやいや、帰ろうとしたら、宇佐見くんが」

「そうなの！　宇佐見さんがすっごい発見したの！」

呂太は興奮気味に言った。

「さっきマリコさん、電話くれましたよね？　加賀野教授が被験者に『ダイエット菌』を飲ませてたって」

「ええ、なのに毒性の影響は受けてなかったんです」

マリコは宇佐見の問いかけにうなずいた。

「で、宇佐見くんがある仮説を立てたみたいだ」

日野が言う。

「マリコさんが東京から戻るまでに実験をしました」

宇佐見は得意げな表情を浮かべている。

「実験？」

「たとえば、ボツリヌス菌は猛毒だよね」

伊知郎がマリコに問いかけた。

「ええ、食中毒を起こすほど」

「たとえ100度で数分程度加熱しても菌は死なない」

「でも、毒性は熱に弱いので消えるはずです」

「そう、だから加熱すれば食べられる」

「あ！『ダイエット菌』も加熱では死なないけど、毒性はなくなって飲めるようになる？」

マリコは伊知郎のヒントで、気づいた。

「うん、加熱で毒性は消えた。でも、菌も死んだ」

「え……じゃあ、痩せる効果もなくなっちゃうじゃない」

一度盛り上がった気持ちがしぼんでいく。

「でも、菌の効果を残したまま、毒性を消す方法があったんです。これが、毒性を消す物質です」

宇佐見が見せた鑑定書には、ダイエット菌の毒性を消す溶液の成分として、ペプシン、リパーゼ、塩酸、ムチン等が列挙されている。

「これって胃液の成分？　つまり、胃で溶けるカプセルで飲めば、毒性の影響は受けない！」

「ええ」

宇佐見がうなずいた。

「だとすると、カプセルで飲む以外の方法で、この三人は感作した、ってことですよね」

亜美がホワイトボードの礼子、斎藤、スティーヴの写真を指した。

「それで思い出したんだ。科学監察で君たちの鑑定書を精査してたとき、気になったこれが」

伊知郎がホワイトボードに貼ってある礼子のブラウスと斎藤のシャツのＡＬＳ写真をはずしてテーブルの上に置いた。ブラウスとシャツの襟から胸のあたりの色が変わっている。

「顔から胸に、液体をかけられた痕じゃないかな？」

伊知郎が言った。

「そうか……犯人は二人の被害者にそうやって──」

マリコは二枚の写真を手に取った──そのとき、

「ハーイ！　科捜研のエブリワン！」

と、モニターに突然、相馬が現れた。

「あー驚いた。なんで急に登場すんのよ！」

日野は心底驚いた表情を浮かべている。

「もうすぐトロント警察からそっちに資料が届きますよ」

「わかった。届き次第、みんなで鑑定する」

マリコはうなずいた。

「それがね、警察が資料送った後、ドクター・スティーヴの遺留品からこんなん出まして」

相馬はモニター越しに小包を見せた。靴が入っている箱ぐらいのサイズのダンボールがトロント警察の証拠品保管袋に入っている。

「宛名はスティーヴ、差出人は『山田太郎』」

相馬は言った。

「東京都中央区、みほん町？　何コレ」

呂太は相馬が掲げている荷物の差出人の住所を読み上げた。Mihon-cho とローマ字で書かれている。

「変だろ？　東京にこんな住所はない。でもトロント警察は東京の住所に疎くて気付かなかったみたいだな」

「だからウチに送る事件資料に入れなかったの？」

マリコは相馬に尋ねた。

「でしょうね。で、コレどうします？　今からそっちに送りますか？　なんか小包ん中に小さい金具みたいのが入ってて、何かの仕掛けかもしれないけど……」

「じゃあそれは相馬くんが調べて！」

マリコは命令口調で言った。

「え、なんで？」

「なんでって、犯罪に使われた可能性のある道具を調べるのは、物理研究員の仕事でしょ?」

マリコは耳たぶを下にひっぱりながら言った。科捜研時代、単独で行動してしまうことが多かった相馬は、よくマリコに耳を引っぱられたりつねられたりした。時には頭をぺしっと叩かれたこともある。

「あのね、俺はもうそちらの物理研究員ではないんですよ」

相馬も昔を思い出したのか、画面越しだというのに耳たぶを押さえた。

「それと、トロント警察にスティーヴさんの粘膜を調べてもらって」

「粘膜?　ちょっと何言ってるかわかんないっす」

相馬が言ったところに、「失礼します!」と声が響いた。みんながいっせいに見ると、蒲原が段ボールを持って入ってくるところだった。

「トロントから届きました、スティーヴさんの私物です」

みんなは段ボールの中から中身を取りだした。

「あ!　これは僕が鑑定しておくね」

呂太はスマホを取りだして言う。

「これはっ！　『エンテロコッカス・パンデレスオ』って書いてあります！」

ハードディスクを取りだした亜美は、マリコと宇佐見にそのラベルを見せた。

「『ダイエット菌』についての資料ですかね？」

宇佐見はマリコを見た。

「かもしれない。加賀野教授が論文発表した後、世界中で再現実験がされてる可能性がある」

マリコはうなずいた。

「おーい、ちょっと誰か俺の相手もしてくださいよ！」

相馬はさっきから叫んでいるが、もう誰もモニターの方を見ていない。

「おう、久しぶり」

手の空いている蒲原が相馬に声をかけた。

「おう！」

「ハハ……じゃあね」

「出会いと別れの挨拶が早いよ！」

素っ気なさすぎる蒲原の態度に相馬は思わずツッコんだが、蒲原は既にモニターに背を向け、亜美に声をかけている。

「そのディスク、パスワードがかかっています」

「それは私が解除します。でも、これが『ダイエット菌』の再現実験なら、内容は私にはわからないと思う」

亜美は言った。

「父さん」

マリコは伊知郎に声をかけた。

「ん？」

「帰るなら手伝って」

「はい？」

「科学監察はもう済んだんだから」

「はいはい……」

伊知郎はさっそくスーツの上着を脱いだ。

「いいわよね？」

マリコは白衣を持ってきて、伊知郎の背後に回った。

「相変わらずだね、マーちゃんは」

「右手から」

マリコは伊知郎に白衣を着せた。誰にも相手にしてもらえない相馬は、静かな闘志を燃やして、不気味な金具の入った手元の小包を見つめた。


改めて、遺体の粘膜採取が行われることになった。

洛北医大の解剖室で、早月は礼子の目から粘膜を採取した。

京都医科歯科大の解剖室では、佐沢が斎藤の鼻から粘膜を採取した。

宇佐見は化学研究室で粘膜の細菌鑑定をし、マリコは粘膜付着物の成分分析を始めた。

『SPring−8』では宮前が繊維に付いた微量成分を軟X線固体分光分析の機械にかけていた。

カナダでは相馬が小包のダンボールから出てきた金具がどういう仕掛けになっているのかを調べていた。

科捜研では亜美がハードディスクのパスワードを解除し、中に保存されていた論文をプリントアウトして、伊知郎が読み解いた。

文書研究室では、日野が小包に貼られた送り状の印字鑑定をし、物理研究室では呂太がぺろぺろキャンディを舐めながらスマートフォンのデータを復元した。

そしてヘルプに入った泰乃が、エアモニタを使って電話基地局解析をしていた。

＊

まだどうにか今日のうちに間に合う。マリコは再び土門と加賀野の研究室に向かった。到着したのは夕方だ。

「……あなた方は、京都府警ですよね？　一日に何度東京に来れば気が済むんだ」

加賀野は二人の顔を見て呆れている。

「鑑定の結果、『ダイエット菌』の毒性は胃液によって消えることがわかりました」

マリコは言った。

「だからあんたは彼らに、飲ませる以外の方法を使った」

さらに土門が、口を開いた。

「彼らの鼻粘膜から『ダイエット菌』が検出されました」

マリコの言葉を、実験室のステージに腰かけた加賀野は無言で聞いている。

「きっと犯人は、『ダイエット菌』入りの保存液を礼子教授や斎藤准教授の顔に浴びせ、鼻や目の粘膜に『ダイエット菌』を付着させた」

礼子も斎藤もどこかで保存液をかけられたのだろうと、土門は推理したことを加賀野に話した。

「一方、海外にいる相手にはこれを使ったんです」

マリコはタブレットで小包の画像を見せた。

「鑑定の結果、この小包の送り状は日本で印字されていることがわかりました」

マリコはタブレットの画面をタッチし、小包と送り状を表示した。

「また、小包を開けると、中袋が破れ、ダイエット菌入りの保存液が飛び散る仕掛けになっていました」

それは相馬が仕掛けを調べて判明したことだ。

「その被害者のスティーヴさんは、あんたの論文を再現実験する過程で『ダイエット菌』の毒性に気付いた。彼が残した論文でわかったよ」

土門は言った。亜美がハードディスクのパスワードを解除して中にあった論文を取りだし、伊知郎がその内容を読解したのだ。

「この論文によると、その毒性は感作してから発症するまで二十四時間と短く、発症後数分で急激に症状が悪化。さっきまで話せていた人が頭痛や痙攣を起こし、すぐに人工呼吸器をつけないと重篤化する可能性がある、とありました」

マリコはタブレットを手にして加賀野の隣に歩み寄った。

「この二人もきっと、あんたの論文を再現実験して、それに気付いたんだ」

土門は礼子と斎藤の写真を見せ、反対側の隣に腰を下ろす。

「でもこの三人は、症状が出たときに高いところにいた場合、飛び降り衝動という異常行動が出ることは知らなかった」

「だから、私がその三人を殺した？」

加賀野はマリコと土門に両側から見つめられて息がつまったのか、立ち上がり、ステージに上がっていった。

「以前、教授がおっしゃった通り、『ダイエット菌』は粘膜からなら二時間ほどで感作し、二十四時間前後で発症します」

マリコも加賀野を追ってステージに上がった。土門もだ。

「その頃を見はからって高いところに呼び出せば、飛び降りる可能性は高い！」

土門は声を荒らげた。

「呼び出した？　どうやって？」

加賀野が振り返る。

「この二人の携帯にも、スティーヴさんの携帯にも、同じ携帯番号からの電話があった」

「鑑定の結果、全て、京都市内の基地局を通じて発信されていました」

土門とマリコは言った。

「京都市内の基地局か……そのとき私は東京にいたというアリバイは証明されたんですよね？　何より、その携帯番号が、私の番号であるという証拠は？」

加賀野はそう言いながら、実験用のドームの中に入っていく。

「あんたを取り調べてる間、あんたの所持品はすべて調べさせてもらう！」

土門は外側からドームを叩いた。

「今の話で私を逮捕できるのか？　任意同行なら断るよ」

「あんた！　この期に及んで何言ってんだ！」

土門は声を張り上げた。

「榊さんと言いましたね。あなたは大した科学者だ。この短時間で『ダイエット菌』

の毒性とその性質を突き止めた」

加賀野は感情を込めずに淡々とした口調で言った。そしてジュラルミンケースを開けて、並んでいるダイエット菌のカプセルを見つめた。

「やはり、あなたは毒性に気付いていたんですね！」

マリコもドームの中に入っていった。

「ただ、あなたが科学で証明したのは毒性だけだ。それを、その三人が私に告げた証拠は？」

加賀野はジュラルミンケースを手にして、実験ドームの中の椅子に座った。いつもは奈々枝と友希枝が座る椅子だろう。マリコはもう一つの椅子に腰を下ろした。

「その三人に私が『ダイエット菌』を浴びせた証拠は？　浴びせた液体はウチの保存液と一致したんですか？」

マリコも土門もだまっていた。

「さらに、その『ダイエット菌』が私の研究室のものであるという証拠は？『ダイエット菌』は誰の腸の中にもいる。直接的な証拠はいっさいないのに、本当に私を逮捕できると思ってるのか！」

加賀野とマリコはドームの中で睨み合った。

深夜、マリコは自宅に向かうため、自転車を押して石畳の坂道を上っていた。早朝から出勤し、二度も京都と東京を往復した。さすがのマリコも今日はくたくただ。あともう少しでマンションが見えてくるというところで、『鉄腕アトム』の着信メロディが鳴った。

「はい。え？　じゃあ『隠れ成分』がわかったんですね？」

マリコは目を輝かせた。

「その後の鑑定は私がします。はい、お疲れさまでした」

電話を切り、コートのポケットにしまったマリコは、目の前に赤い風船が転がっていることに気づいた。

マリコは風船を見つめた。

パンッ。

音がしたかと思うと、その瞬間、バシャッと風船が割れ、中に入っていた液体が飛び散ってマリコの顔にかかった。痛い。目に染みる。マリコはうずくまり、目をしばたいた。

近くに潜んでいた何者かが走り去っていく音がしたけれど、マリコは顔を上げることもできなかった。

日野は刑事部長室で、藤倉と向かい合っていた。

「捜査本部に提出した鑑定書は以上ですか？」

背筋を伸ばし、ソファに浅く腰かけていた藤倉が、でっぷりとした体をソファに深くうずめている日野に問いかけてきた。まるで日野の方がこの部屋の主のようだ。

「あと一つだけ、『ＳＰｒｉｎｇ－８』の鑑定で、被害者の着衣から出た『隠れ成分』が判明したため、その鑑定書が」

「間に合わなかったんですか？」

藤倉が怪訝（けげん）そうに日野を見る。

「担当者の榊マリコが今日、休んでおりまして」

「あの榊が、珍しいな」

「まぁ、少し、頭が痛いと言っているだけで……」

ここのところ忙しすぎましたから、と、日野は笑った。


ゴーン。

ピピピピピ、と音がしたのでものうげに電子体温計に目をやる。

殺風景な自室で、マリコはベッドにもたれ、熱を測っていた。

近くの寺の鐘の音が聞こえてきた。もう五時だ。窓の外も暗くなってきている。結局今日は一日何も手につかなかった。

と、そのとき、スマホが着信した。登録していない電話番号だ。

「はい……はい、わかりました」

電話を切ったマリコはのろのろと立ち上がり、出かけるしたくを始めた。

東福寺(とうふくじ)に呼びだされたマリコは荒い息をしながら、参道を入っていき、本堂から続く通天橋(つうてんきょう)の長い通路を歩いていた。東福寺は紅葉の名所として知られている。あたりが暗いのでよく見えないが、両側は色とりどりの紅葉が広がっていた。明るい時間に来ると、赤や黄色に染まったもみじと青もみじのコントラストが素晴らしいのだろう。

「はぁ……はぁ……」

マリコは息もたえだえに木の手すりにつかまりながら、どうにか体を支えて歩いてきた。柱にもたれて休んでいると、またスマホが着信した。

「……着きました……どこにいるんですか?」

そこまで尋ねたのだが、相手の返事を待たずにマリコはスマホを放り出し、頭を抱えて呻(うめ)きはじめた。

「あぁあッ……うっ」

そこは橋の中央で、舞台のようにせり出している。

「くッ……助けて……はぁ……はぁ……誰かッ……」

ふと顔を上げると、燃えるように赤いもみじが舞い落ちていくところだった。マリコはなぜか、そのもみじに心を奪われた。そして、そのもみじに導かれるように、欄干にむかって駆け出した。

「……助けてぇー！」

マリコは夜空を切り裂くような叫び声を上げながら、欄干を乗り越え、雲海のように広がる紅葉の中へと落ちていった。

マリコが落ちた衝撃で、地面に積もっていたもみじの葉が華麗に舞った。

プー、プー、プー……。

耳に当てていたスマホから、通話が切れた音が聞こえてくる。通天橋が見える場所に立っていた人物は、そのまま立ち去ろうとした。だが正面から蒲原が歩いてきた。踵を返すと、土門と宇佐見、そして伊知郎が立ちはだかっていた。もう一度、蒲原の方に向き直り、強行突破しようとしたが、すぐに取り押さえられた。

「あの『飛ばしの携帯』の番号です！　間違いありません！」

蒲原は取り押さえた人物の手からスマホを奪い、確認した。

「やはりあんただったのか」

土門は、蒲原に肩と背中に回した手首を摑まれ動けなくなっている人物に声をかけた。

「被害者の服のこの部分から検出された成分ですが」

宇佐見はタブレット画面を見せながら、近づいていった。

「保存液と思われる成分の他に、微量成分がありました」

「それを『ＳＰｒｉｎｇ－８』で鑑定した結果、人の唾液の成分であることがわかりました」

伊知郎が加えて説明をすると、宇佐見はタブレットの画面をスワイプし、『ＳＰｒｉｎｇ－８』から送られてきた成分の鑑定書に切り替えた。

「あなたは一日三回飲んでいた『ダイエット菌』を利用した――森奈々枝さん」

加賀野の研究室の双子の一人、奈々枝が痩せた肩を蒲原に押さえられたまま、睨みつけるようにして土門の言葉をきいていた。

「きっとあなたは、カプセルを飲んだふりをし――その中身を、自分で用意した保存液に入れた」

奈々枝はこれまで実験の最中にドームの中が外からはっきりと見えないことを利用してカプセルを飲むふりをし、こっそりと口からカプセルを出していた。隣の椅子に友希枝がいるが、背中合わせのような格好になっているので、気づかれなかった。そしてカプセルの中身を、別の保存液の入った容器に空けていたのだ。

「そのとき、カプセルに付着していた唾液が、凶器である保存液の中に微量に入ったんです」

宇佐見は言った。その唾液を、マリコがＤＮＡ型鑑定したのだ。

「結果――あなたかお姉さんのＤＮＡとわかりました。一卵性の双子だそうですね」

宇佐見は奈々枝に尋ねた。

「だからあなたとお姉さんの両方を張っていたんです」

土門は言った。

「まぁ、『ダイエット菌』を飲んでいたのはあなたなんで、あなたの可能性が高いとは思っていましたが」

蒲原は奈々枝の背後から言った。

「そう言ったら、一人の無茶な女が、礼子教授や斎藤准教授のように加賀野教授を追い詰めれば、真犯人が行動を起こすかもしれないと言い出して、聞かなくてね」

土門が噛みしめるように説明を始めた。


その無茶な女、マリコはまっ赤なもみじの葉が無数に広がる地面に、目を閉じて横たわったままだった。

マリコの上を夜風が静かに吹いていく――やがて、マリコはゆっくりと目を開けた。

マットの上とはいえ、衝撃は強かった。

「マリコさん！」

「大丈夫？」

通天橋の下で待機していた呂太と亜美が駆けよってマリコを起こした。

「ありがとうございます！」

マリコはなぜか周囲で拍手している映画のスタッフたちに笑顔で礼を言った。

「すみません。無茶な娘で……」

伊知郎が土門に恐縮しながら言った。

「でもまぁ、京都に映画の撮影所があって良かった。急でしたが、そのスタッフに協力してもらいました」

土門が言うように、マリコは高所降下用の救助マットの上に落下したのだ。マットの上には、それとわからないよう、もみじを敷き詰めてあった。たまたま紅葉の季節だったのが幸いした。

「なんだか、アカデミー賞ものの演技だったらしいんで、俺も近くで見たかったですよ」

蒲原は、呂太たちと連絡を取り合い、マリコの演技はかなりリアリティがあったということまで聞いていた。

「というわけで、逮捕だ」

土門が手錠を取りだすと、奈々枝は膝から崩れ落ちた。

＊

翌日、日野は本部長室に呼び出された。そして部屋に入った途端、藤倉に胸ぐらを摑まれた。

「所長！　あなたは部下にそんな危険なことをさせたのか？」

「させたんではなく、本人がやるって聞かなくて……」

日野だってこんなことはしたくなかった。とはいえ、マリコは一度言い出したら誰の言うことも聞かない。

「だからといって！」

藤倉はさらに日野の白衣を摑む手に力を込めた。日野よりも小柄だが、さすが警察官、日ごろ鍛えているだけあって力が強い。

「おいおい」

本部長席に座っていた佐伯が立ち上がり、割って入ってきた。日野はようやく解放された。

「榊くんは今、ピンピンしてるんだろ?」

佐伯に聞かれ、日野は乱れた白衣を直しながら「ええ」とうなずいた。

「実は、カナダで殺されたスティーヴさんの論文に、『ダイエット菌』の毒性には『ニューマイシン』という抗菌剤が有効とありまして、だからマリコくんは『ダイエット菌』を浴びたとき、すぐに除菌洗浄した後、その抗菌剤を飲んだようです。で、検査した結果、感作してないことが判明しました」

マンションの近くで液体を浴びたマリコは、奈々枝が走り去った後、すぐに部屋に帰り、液体を洗い流して抗菌剤の錠剤を飲んだ。おそらく奈々枝がマリコをターゲットにするだろうということは想定していたし、すべて準備は整っていたのだ、と、日野は説明した。

「それは結果論であり、警察がしていい捜査ではない! 何より、科捜研には捜査する権限などない!」

藤倉は青筋を立てて怒っている。日野はひたすら頭を垂れた。

「まぁまぁ、とにかくそれで犯人が逮捕されたんだ。終わりよければエブリシング・オッケーですよ！」

大柄で強面（こわもて）ではあるが、佐伯は藤倉よりも頭が柔らかい。というより、現場のことはほぼ藤倉に丸投げしているお気楽な部分もある。

「いいえ、これは明らかな職務規定違反です！　榊研究員には、厳しい監察処分を下します！」

藤倉は激しい口調で言い、そのまま出て行ってしまった。

「はぁ……なんとか穏便にしてあげるからね、ね」

佐伯は頭を下げ続けている日野にそっとつぶやいた。だが、本部長室を出て後ろ手にドアを閉める藤倉も、全てお見通しであるかのように微笑していた。

加賀野はぼんやりと生気のない目で教授室の壁に飾ってあるダイエット菌の写真を見つめていた。

どれくらいのあいだ、そうしていただろうか。だがそろそろ時間だ。加賀野は研究室に向かった。

「これからは友希枝くんに『ダイエット菌』を感作させる」

加賀野は助手の木村に言った。ドームの中には、友希枝しかいない。これからは友希枝が被験者だ。

「はい」

木村がうなずいたとき、ピピッと腕時計のアラームが鳴った。

「よし、友希枝くん。時間だ」

加賀野に言われ、友希枝がオレンジ色のカプセルを手にしたとき、ガチャッとドアが開く音がした。見ると、土門と蒲原、続いて奈々枝と女性刑事が入ってきた。

「奈々枝ッ！」

友希枝が声を上げたが、奈々枝はうなだれたままだ。そしてその両手首には、手錠がかけられている。

「現場検証に来ました。ただその前に——」

土門が口を開いた。

「彼女が、殺害を告白したというのは本当か」

加賀野は土門の言葉を遮って尋ねた。

「あなたのために、四人も殺害したと。彼女、最近は体調不良で、ときどき、実験を休んでいたとか」

「それでも必要なデータは取れていました……」

木村が抗う。

「じゃあ、なぜ隠した」

「データに疑いを持たれるのを避けるためだ……」

「やはりそれも、加賀野教授のためか」

土門は木村に尋ねた。

「今、その話関係ないだろう」

黙っている木村にかわって、加賀野が言った。

「関係ある。そうやって実験を休んだ日、彼女が京都に行った夜があった」

「え?」

友希枝はドームの中から奈々枝を見た。

「そうです、石川礼子さんを殺害した夜です。殺害の動機は教授、あなたの論文の再現で『ダイエット菌』の毒性に気付いたからです。他の三人も! あなたは彼女にだけ打ち明けたそうですね」

蒲原は鋭い目で加賀野を見た。

「……彼女は被験者だ。当然、全てを話した」

「教授! 奈々枝はこれを半年も飲んでるんですよ?」

友希枝がドームから飛びだしてきて、加賀野にカプセルを見せつけながら、激しく抗議した。

「胃液に触れれば毒性は問題ない」

加賀野はカプセルを取り上げ、落ち着きなさい、とでもいうように、友希枝を見た。

「その毒性を使い、彼女は四人も人を殺したんだ。あんたの研究を守るために」

土門は加賀野に強い口調で言った。

「毒性がわかってすぐ、それを排除する研究も進めた。胃液に含まれる塩酸やタンパク質分解酵素にその可能性を見出し、だから臨床試験も経口投与を選んだ」

だが、加賀野はあくまでも落ち着いていた。そしてその目は据わっている。

「もうすぐ、できる予定だった……」

うつろな目をして聞いていた奈々枝が、ふらふらと前に出てきた。そしてステージ上の加賀野に走り寄り、下から見上げた。

「『ダイエット菌』を無毒化する、抗生物質が……」

「そうだ、それができれば出願した研究は補強できる」

加賀野は奈々枝の頭を撫で、しゃがみこんだ。二人の目線が同じ高さになる。

「その前に、毒性が、公表されちゃいけない……」

奈々枝は加賀野を崇拝するように、まっすぐに見つめている。

「その前に毒性が公になれば、世間の批判を受け、国からの補助金は止まり、研究にブレーキがかかる。そうなれば、海外の研究者に先を越され、別の名前で特許出願されてしまう。ダイエット菌は、ただの金儲けの道具ではない。その先の未来のためにある」

加賀野は立ち上がり、指でつまんでいるカプセルを見つめた。

「うふふッ……ふふッ……」

奈々枝は笑った。天井を仰ぐようにして、狂ったように笑っていた。友希枝は言葉もなく、奈々枝を見つめていた。そのとき——。

「その未来のために、人を殺したんですか？」

研究室の扉から現れたマリコの澄んだ声に、加賀野も、奈々枝も、顔をこわばらせた。

「私たち科捜研の研究者も、研究者と名乗っています。でも、私たちは今を生きる人のために鑑定をします」

「それだって、何十年も前の基礎研究がなかったら、できなかったはずの鑑定だろう？」

加賀野はステージを下りてきて、マリコに尋ねた。

「それが、今、人を犠牲にしていい理由ですか？」

「私が発見した細菌だって、毒性さえコントロールできれば、今を生きる多くの人を救える細菌だったんだ！」

加賀野はカプセルをつまんだ手をマリコの目の前にかざしながら、怒鳴りつけた。

「あんた！　この期に及んでまだそんなことを言っているのか！」

土門はマリコの前に立ちはだかり、加賀野の手首を摑んだ。

「現に、奈々枝くんの中ではコントロールできていた。それをあんたら警察が潰したんだろう！」

加賀野は土門の手を思いきり振り払った。その様子を笑いながら見ていた奈々枝は、突然「うっ」と顔をひきつらせた。

「……痛っ！」

奈々枝は手錠をかけられた手を不器用に動かしながら、頭を抱えた。

「痛い！　痛い！　痛いっ！」

奈々枝が床に倒れ込む。

「奈々枝っ！」

友希枝がステージを駆け下りてきて、奈々枝のそばにしゃがみこんだ。

「お姉ちゃんっ……頭がっ、痛いっ……」

「どいて！」

マリコは、奈々枝の首筋に手を当て、脈を測った。

「すごい熱……救急車！　病院に抗菌剤『ニューマイシン』と酸素吸入器を用意させて！」

マリコの指示で蒲原は「あんたも来い！」と木村を指し、二人で外に出て電話をかけ始めた。

「教授っ、どういうことですか？」

友希枝は泣きながら加賀野を見上げた。

「どうして……」

加賀野は持っていたカプセルを床に落とした。

「大丈夫、大丈夫だからね。大丈夫……」

マリコは苦しむ奈々枝を励まし続けた。

＊

その日の夕方、加賀野の研究室にはさっそく報道陣たちが押しよせた。

「帝政大学にいる福山アナウンサーと中継が繋がっています。福山さん？　お願いします」

ニュースキャスターが現場のアナウンサーに呼びかけると、中継が繋がり、帝政大にいるアナウンサーが映った。

「ちょっとッやめなさい！　やめなさい！」

アナウンサーは、放送を阻止しようとカメラ前に乱入する白衣姿の学生に声をかけた。

「放送するなよ！」

放送を阻止しようと叫んでいた学生はスタッフらにどかされ、ニュースが始まった。

「東京・八王子にある帝政大学に在籍する微生物学の加賀野亘教授が論文発表をした、

通称『ダイエット菌』に、強い毒性がある事がわかりました！　臨床試験の被験者であった大学院生が高熱と頭痛を訴え都内にある病院へ搬送されました！」

テレビ画面には『ダイエット菌に強い毒性発覚　被験者の大学院生　高熱と頭痛で救急搬送』というテロップが出ている。

「まいど」

早月の声で、ニュース番組を見ていたみんなはハッと振り返った。早月はお土産の箱を掲げながら、科捜研の共有スペースに入っていく。

「先生！」

モニターに張り付くようにして一番前で見ていた呂太は、お土産を受けとるために早月に近づいていった。そして箱を受けとり、テーブルに置いて中を開けてみる。中身は抹茶ロールだ。ちょうど宇佐見がお茶を淹れようとしていたところだったので、呂太はウキウキだ。

「もうさ、このニュースでもちきりだよね。入院した大学院生の逮捕は発表されないの？」

早月はみんなの顔を見た。

「今夜、発表されそうです」

「回復するまで勾留執行停止らしいですが」

亜美と日野が答えた。

「そんなに悪いんですか？」

早月は驚いて声を上げた。その間にも、呂太がみんなに個包装になっている抹茶ロールを一つずつ配っている。

「あの細菌を半年も飲み続けた結果、毒性が胃液に強くなり、そういう菌が体内で増えたそうです」

宇佐見はお茶を注ぎながら言った。

「うん、耐性菌ってやつだね」

呂太が言い添える。

「あれ？　マリコさんは？」

早月はマリコがいないことに気づいた。

「今、病院で検査受けてます」

亜美が言う。

「まさか、細菌の毒性で発症しちゃった？」

「夕べ、あんなバカやったから、無理やり精密検査受けに行かせたんです」

日野が言ったとき、叫び声が響いた。

「……辛ーい！」

顔をしかめている蒲原に、宇佐見は「あー、お茶お茶！」と、湯呑を渡した。

「当たりー！　激辛スイーツ！　蒲原勇樹に当たったか！」

早月は一つだけ、辛党向けのロールケーキを仕込んでおいたのだった。

＊

病院で検査を終えたマリコは帰り支度をしていた。カバンを手に、扉を開けようとすると、外から扉が開いた。

「あ!」

入ってきた土門とぶつかってしまい、土門が慌ててマリコを抱きとめた。

「ちょっと、病院よ。ノックぐらいして」

「なんだ、帰る気満々じゃないか」

息がかかりそうな近さでほほ笑みを交わすと、土門はマリコの肩をやさしく抱き起こす。

「検査で異常なしだったし。帰るわよ、科捜研に」

マリコは晴れやかに笑った。


二人は地面に広がるもみじのじゅうたんを踏みしめながら、赤一色に染まった美しい道を歩いていた。

「おまえらしいが、帰ったらタダじゃ済まんぞ」

「え?」

「どうやらおまえも『本部長注意』になりそうだ」

「そう、土門さんとお揃いになっちゃったわね」

マリコが言うと、土門がへヘッと笑った。その笑い声に呼応するように、二人の頭上で鳥が澄んだ声で鳴いた。

「おい、見ろ」

土門は足を止めた。

「何を?」

尋ねるマリコに、土門はあたりの真っ赤に染まった木々を指した。

「わぁ……きれい……」

秋の午後の空と、紅葉のコントラストがなんとも美しい。

「気付いてなかったのか、おまえらしい」

土門は呆れたように笑い、夕陽に染まるマリコの横顔を見つめた。オレンジ色の空と赤いもみじに囲まれ、息を呑むような美しさなのに、マリコの頭の中は、今回の事件を無事に解決できた達成感と、新たな仕事への情熱でいっぱいなのだろうか。いつものことではあるが、なんだかおかしくなってしまい、土門はさらに顔をほころばせた。

「これだけの紅葉だ。すぐに帰るのはもったいない。それともおまえは日本一綺麗(きれい)な紅葉が見える場所から飛び降りたから、もう十分堪能したのか?」

土門の言葉に、マリコは少女のような顔でフフッと笑った。お互いに心からの笑顔を浮かべ、見つめ合う。そして二人は、ゆったりと流れる時間に身をまかせ、しばらくの間、並んで秋の夕空を見上げていた。

この物語はフィクションです。作中に同一の名称があった場合でも、実在する人物・団体等とは一切関係ありません。

脚本家・**櫻井武晴**

×

ミステリ作家・**法月綸太郎**

特別対談

櫻井武晴

Takeharu Sakurai

1970年生まれ、東京都出身。東宝映画でプロデューサーを務め、1995年に第一回読売テレビシナリオ大賞を受賞。2000年にフリーに転身。2013年に劇場版『名探偵コナン 絶海の探偵』の脚本を担当し、以降、同劇場版シリーズを複数手掛け、2021年に劇場版『名探偵コナン 緋色の弾丸』が公開された。脚本を手掛けた主なテレビドラマ作品は、「科捜研の女」シリーズ(02～20年／ EX)、「相棒」シリーズ(02～13年／ EX)、「ATARU」(12年／ TBS)など。

法月綸太郎

Rintaro Norizuki

1964年生まれ、島根県出身。京都大学法学部卒。在学中は推理小説研究会に所属。1988年に『密閉教室』(講談社文庫)でデビュー。2002年に「都市伝説パズル」(『法月綸太郎の功績』(講談社文庫)所収)で第55回日本推理作家協会賞短編部門、2005年に『生首に聞いてみろ』(角川文庫)で第5回本格ミステリ大賞を受賞。2013年から2017年まで本格ミステリ作家クラブ会長を務めた。評論家としての著作も多い。

取材・文／青柳美帆子

本書刊行を記念し、長年シリーズのメインライターを務め、本作の脚本も担当した脚本家の櫻井武晴さんと、現代本格ミステリの第一人者であり「マリコ・ファンです」と語る小説家の法月綸太郎さんの対談を実施。劇場版の感想やテレビシリーズの魅力、「科捜研の女」が長く愛されるワケについて語っていただいた。

「アベンジャーズ」だった劇場版

法月　「科捜研の女 -劇場版-」、面白かったです。スキのない映画というのでしょうか、「科捜研の女」の名のとおり、ひたすら捜査に次ぐ捜査！　劇場で聞くあの鑑定時のBGM！「これでこそ科捜研だなあ」と思いました。

櫻井　今回、劇場版の企画段階で、「科捜研で皆さん何が見たいですか？」というアンケートを行いました。その中で多く寄せられたのが「科学捜査をしっかり見たい」。犯人側は科学で守ろうとし、マリコをはじめとする捜査側は科学で攻める——という攻防をちゃんと見せることを目指しました。

法月　今回の劇場版の「捜査」に次ぐ大きな柱は、歴代の登場人物の再登場だったんじゃないでしょうか？　「科捜研の女　アベンジャーズ」だなと感じました（笑）。

櫻井　まさにそれを目指そうと思っていました！　本作の「映画らしいところ」といえば、これまでのシリーズキャラが再登場するところじゃないかなと。アンケートでは、歴代の登場人物をできるだけたくさん見たいという声も大きかったんです。

法月　以前登場したときとは違うポジションにいる人たちも多かったですね。例えばマリコの元夫の倉橋拓也（渡辺いっけい）はシーズン1では京都府警の刑事部長でしたが、20年ぶりに登場した本作では警察庁の刑事指導連絡室長になっていました。各キャラクターの現在の役職を決めるのにずいぶん知恵を絞られたのでは？

櫻井　倉橋は、彼のキャラクターでキャリアだったらこういうところにいるのかな……と考えて決まっていきました。今回、土門の無茶な捜査によって土門や科捜研チームが監察対象になりますが、ある意味では歴代の登場人物を活躍させるための「お膳立て」の展開です。佐久間誠（田中健）が警察協力受難者協会の評議員として再登場したのも、佐久間のキャラクターで自然に想像できることと、映画でうまく活躍させられそうだということがうまくハマった結果ですね。

法月　なるほど。終盤はいつもの科捜研メンバーよりも、さらに広がった「科捜研ファミリー」を感じました。僕は若手チームが好きなので、彼らが楽しそうでよかった！　そしてカナダからリモートで参加するという展開の相馬涼（長田成哉）は、演出もハマっていて、レギュラー陣と同じくらいに現役感がありましたね。

櫻井　科捜研の登場人物は、みんな単独でも主人公になれるくらいの「得意技」をもっている人たち。難しかったのは、そんな人たちを活躍させつつ、それでも「マリコが主人公である」こと。せめぎあいをいつも抱えていました。

法月　映画の中盤、監察が入ってからの展開が、「マリコさんにエンジンがかかった！」と見ていて興奮しました。科捜研のメンバーがそれぞれの役割を果たしつつ、マリコさんが発破をかけていく――という構図が科捜研らしかった。

櫻井　前半のマリコの原動力は、早月先生（若村麻由美）の目の前で同僚が亡くなってしまったことでした。中盤に加賀野教授（佐々木蔵之介）との対決があったことで、科学者としてのスイッチが入ったということだと思います。

法月　ちなみにややネタバレになりますが……加賀野教授はどれだけ真犯人の犯行に気づいていたんでしょう?

櫻井　真犯人が教授を信奉するあまりに勝手に行ったことで、共犯関係ではありません。でも加賀野教授はどこまで気づいていたのか……。脚本家としては、警察が接触してきた段階で加賀野教授は犯人が誰か勘づいた。けれど研究成果を急ぐあまり、気づかないふりをした。結果として、教授と犯人が心理的共犯関係になった――と書いたつもりです。

法月　やっぱり。ラストのマリコと加賀野教授の対峙が、科学捜査官と犯人の会話なのか、科学者と科学者の会話なのかを確認したかったんです。後者だったんだなと腑に落ちました。それにしても……今回、秦美穂子（佐津川愛美）をはじめ、絶妙に怪しい登場人物が多かったですね!

櫻井　脚本家の予想もつかないところで犯人のミスリードのようになっていたキャラもいました。研究員役の宮川一朗太さんや講師役のマギーさんの怪しさは、脚本ではなくキャスティングに引っ張られていたのではないかと（笑）。プロデューサーの中尾（亜由子）さんによれば、「ある意味取り調べ室で容疑者役をやるような人にできるだけたくさん集結してもらいたい」という思いでキャスティングを頑張ったとのことです。

法月　冒頭でマリコをナンパする男性のキャスティングも驚きで、「これまで科捜研に登場したことがあったっけ……⁉」と思わず考え込んでしまいました（笑）。

テレビシリーズの変化と魅力

櫻井　法月さんはテレビシリーズを見ていらっしゃるとか。

法月　はい、マリコ・ファンです！　思い出に残っているのは２００回スペシャルの「科捜研、解散の危機⁉　衝撃ラスト」（シーズン17第17話）で、科捜研の働き方改革で残業禁止という設定がすごく効果的でしたね。高齢者5人が住む賃貸住宅での連続変死事件（シーズン13第15～16話）も、社会派で面白かったです。

櫻井　ありがとうございます、どちらも私が担当したものです。後者はあの世代の人たちの悩みと心の闇をうまく事件に落とし込めた手ごたえがあった回です。

法月　シーズン7から時折登場する警察犬担当の香坂怜子（伊藤かずえ）回も印象的。「音で暴く美人作家のダイイングメッセージ〜時計が遅れる密室」（シーズン15第13話　脚本：吉本昌弘）もアイデア盛りだくさんでしたね。あとは「こういうのを定期的に見たいな……！」と思ったのが、京都撮影所を舞台にした怪談ものの「もう一人の容疑者！　呪われた映画の秘密」（シーズン9第8話　脚本：岩下悠子）ですね。いつもの科捜研テイストとは違いオカルトものなのですが、一年に一回はこういうのを見たい（笑）。

櫻井　僕も毎クール書いてみたいなと思いつつ（笑）、オカルトものには3つの壁があるんです。テレビ映えするけどあまり世の中やバラエティ番組で知られていないオカルト現象を見つけること、それが犯罪に使えるようなものであること、そして最後科学で解決できるものであるということ。

法月　なかなかハードルが高い！　櫻井さんのお気に入りエピソードも伺いたいです。

櫻井　「生物学者VSマリコ！　幻の花に潜む殺意!!」（シーズン10第9話　脚本：岩下悠子）は動機がとてもよかった。大和田伸也さんが異形のミステリ作家として出演した回「マリコVS推理作家!?　殺人犯が集うサイン会と葛餅の謎」（シーズン19第22話　脚本：岩下悠子）も、本が人の人生に影響を与えることをあらためて思わせてくれたいいドラマでした。「マリコVS美人科学者　抱きつくと死ぬ男達と内出血の謎」（シーズン17第5話　脚本：戸田山雅司）はロイコクロリディウムという生物を題材にした構成が面白かったです。自作だと、最初に科捜研に参加したときの「私は殺してない！　記憶を奪われた美女の謎」（シーズン4第2話）と「哀しき偽装結婚！死を呼ぶ京髪飾り」（同第4話）が今見ても好きですね。脳指紋検査やヒラタキクイムシなど、「科学捜査ものをやるぞ！」という当時のけなげな意気込みがよみがえってきます。

法月　櫻井さんは2002年のシーズン4から科捜研シリーズに加わっていますよね。どういった経緯で参加することに？

櫻井　羽田美智子さん主演の土曜ワイド劇場「科学捜査研究所・文書鑑定の女」の脚本を担当していた縁で、「科捜研をやってみないか」とお声がけいただいたのが最初でしょうか。そのころは木曜ミステリーの「オヤジ探偵」を書いていたのもあって、一度はお断りしました。ですが、そのあともう一回声をかけていただいて、２００２年に参加することになりました。

法月　20年近くシリーズに参加されていて、櫻井さんが「ここで空気が変わった」と思ったタイミングはありますか？

櫻井　やはり木場俊介（小林稔侍）刑事が殉職して、「新・科捜研の女」になったシーズン5あたりですね。あそこでメインライターの戸田山雅司さんと一緒に試行錯誤した記憶があります。爆発ものをやってみたり、警察内部の物語をやってみたり、マリコの私生活を掘り下げてみたり。そこで匙加減をつかんでいきました。

法月　ソタイの女こと落合佐妃子（池上季実子）が活躍するシーズン15も冒険心を感じました。

櫻井　あのシーズンは戸田山さんと僕のチャレンジでしたね。今までの科捜研のチームワークを乱す人、別の正義感を持った人を、１シーズンを貫くゲストレギュラーキャラとして投入してみようと。書いていて枷にもなりましたし、彼女を長く登場させることはできないとわかっていたけれど、楽しいシーズンでした。

科学と「科捜研の女」の進歩は止まらない

法月　科捜研と刑事たちの現場に距離感があるのが、「科捜研の女」らしいポイント。どこか突き放したところもあって、でもスイッチが入ると感情が出たり突っ走ったりするときもあるというところが、沢口靖子（さわぐちやすこ）さんという女優とも合っている。ベタな人情ものではないところが魅力だと感じます。

櫻井　視聴者は科捜研のチームワークも楽しみにしているのだろうと思っています。僕個人としての挑戦は「仲良しクラブにはしない」ということ。チームを乱す人物を入れて、ドラマを生む「対立の共闘」を描いていきたいと。

法月　マリコさんももともと、対立を持ち込むタイプのキャラクターでしたよね。最近は少し丸くなったようにも思いますが。

櫻井　そうですね。最近の視聴者が仲間の対立を嫌がる傾向があるのは知っていますが、それでも現実の世の中には絶対に対立が存在している。日常生活に引っかかった心のゴミを洗い流してくれるドラマと、心の網自体を強くするドラマがあったら、科捜研は後者であってほしい。だから僕が書くときは、できるだけマリコを暴走させたいですね。真実に突き進むためには周りを顧みない人物にしたいなと思っています。

法月 最後に、ミステリ作家として聞いておきたい質問があります。科捜研は長いシリーズですが、ネタはどうやってインプットしているのでしょう？ ミステリ小説やドラマなどをご覧になっていますか？

櫻井 それが、脚本家として独り立ちすることを決めた2000年ごろから、気づかずに他の作品に似てしまうことが怖くて、ミステリドラマや小説は極力触れないようにしているんです。代わりに科学論文を寝る前に読んでいます。「科捜研の女」は科学という足がかりがあって、科学論文は毎日何百と世界中で発表されているので、ネタはある意味毎日のように出てきます。

法月 なるほど。「科捜研の女」が長く続いている一番の理由がわかった気がしました。新しい技術が出るたびに、犯人を突き止める新たなシナリオが生まれる。本格ミステリの世界では科学が進化するたび「これでまたひとつトリックが使えなくなった」と悲観的に受け止められがちですが、逆なんですね（笑）。

櫻井　科学の進歩を追いかける手さえ止めなければ、科学捜査ものは延々と書き続けられるのでは。ＤＮＡ鑑定ひとつとっても、３～４年前ではできなかったことができるようになっている。科学捜査ものというフォーマットがもつ力は強いですね。

法月　櫻井さんが「科捜研の女」を書く上で一番重視しているのはやはり科学ですか？

櫻井　圧倒的一番ですね。今は「科捜研の女」がいい流れにあると感じていて、その流れを維持するためにも、変化が必要だと感じています。そこで重視したいのが科学捜査の強化。毎クールひとつは最新科学を取り入れたいです。

法月　頼もしい答えです。同時に今回の劇場版を見た科捜研ファンは、「あの人は？」「この人も出してほしい」と期待感を募らせると思うんですよね。今後、何らかの形で、「科捜研の女　アベンジャーズ２」をやってくれたらと楽しみにしています。

櫻井　アベンジャーズ２（笑）。今回は出したいけれど、涙をのんで出せなかったキャラクターもいました。いつか、ワンシーンでも活躍の場を与えられたらいいですね。

二〇二一年七月

登場人物

京都府警

〈科学捜査研究所〉

法医研究員　榊マリコ（沢口靖子）

化学研究員　宇佐見裕也（風間トオル）

所長　兼　文書研究員　日野和正（斉藤暁）

物理研究員　橋口呂太（渡部秀）

映像データ研究員　涌田亜美（山本ひかる）

刑事部　捜査一課　刑事　土門薫（内藤剛志）

刑事部　捜査一課　刑事　蒲原勇樹（石井一彰）

生活安全部　サイバー犯罪対策課　吉崎泰乃（奥田恵梨華）

警務部　警務課　木島修平（崎本大海）

本部長　佐伯志信（西田健）

刑事部長　藤倉甚一（金田明夫）

洛北医科大学

解剖医／法医学　教授　風丘早月（若村麻由美）

警察庁

刑事局　刑事指導連絡室長　倉橋拓也（渡辺いっけい）

科学鑑定監察所

科学監察官／マリコの父　榊伊知郎（小野武彦）

近畿管区警察局

主任監察官　芝美紀江（戸田菜穂）

警察協力受難者協会

評議員／前・京都府警刑事部長　佐久間誠（田中健）

京都医科歯科大学

解剖医／法医学　准教授　佐沢真（野村宏伸）

SPring-8

技官　宮前守（山崎一）

科学捜査センター（カナダ）

研究員　相馬涼（長田成哉）

日野の妻　日野恵津子（宮地雅子）

宇佐見の母　宇佐見咲枝（宮田圭子）

早月の娘　風丘亜矢（染野有来）

ゲスト登場人物

帝政大学(東京)・微生物学研究室

教授　加賀野亘(佐々木蔵之介)
助手　木村柊一(中村靖日)
大学院生　森奈々枝(駒井蓮)
大学院生　森友希枝(水島麻理奈)

洛北医科大学・ウイルス学研究室

教授　石川礼子(片岡礼子)
准教授　相田勝之(佐渡山順久)
講師　柴崎勉(マギー)
助教　秦美穂子(佐津川愛美)

京都医科歯科大学・生体防御研究室

准教授　斎藤朗（増田広司）

研究員　石室達也（宮川一朗太）

研究員　長野智彦（阪田マサノブ）

ロンドン農業大学

教授　ブライアン・オートン（Brian Fountain）

トロント工科大学

主任研究員　スティーヴ・マクファーレン（Justin Leeper）

宝島社
文庫

科捜研の女 –劇場版–
（かそうけんのおんな げきじょうばん）

2021年8月19日　第1刷発行

脚本　櫻井武晴
ノベライズ　百瀬しのぶ
発行人　蓮見清一
発行所　株式会社 宝島社
〒102-8388　東京都千代田区一番町25番地
電話：営業 03(3234)4621／編集 03(3239)0599
https://tkj.jp
印刷・製本　中央精版印刷株式会社

Printed in Japan
ISBN 978-4-299-01887-8

『このミステリーがすごい!』大賞 シリーズ

宝島社文庫

《第19回 隠し玉》

静かに眠るドリアードの森で 緑の声が聴こえる少女

冴内城人（さえうち しろひと）

植物学者になる夢に破れ、寂れた田舎の生花店「ドリアード」で働く青年・大樹。父の怪我をきっかけに女子高生の青葉をアルバイトとして雇うが、彼女は植物の声を聴くことができるという。やがて彼らは町の御神木「お化けヒノキ」に関わる記憶を探ることになり……。

定価 836円（税込）